陕西师范大学中国语言文学世界一流学科建设成果

惠 嘉◎著

信天游词文本研究

以 体 裁 学 为 视 角

陕西师范大学出版总社

图书代号:ZZ19N2083

图书在版编目(CIP)数据

信天游词文本研究:以体裁学为视角 / 惠嘉著. —西安:陕西师范大学出版总社有限公司, 2019.12
 ISBN 978-7-5695-0586-3

Ⅰ. ①信… Ⅱ. ①惠… Ⅲ. ①信天游—文学研究—陕北地区 Ⅳ. ①I207.7

中国版本图书馆 CIP 数据核字(2019)第 288933 号

信天游词文本研究——以体裁学为视角
XINTIANYOU CIWENBEN YANJIU——YI TICAIXUE WEI SHIJIAO

惠 嘉 著

责任编辑	王文翠
责任校对	刘存龙
装帧设计	锦 册
出版发行	陕西师范大学出版总社
	(西安市长安南路 199 号 邮编 710062)
网 址	http://www.snupg.com
印 刷	西安日报社印务中心
开 本	889mm×1194mm 1/32
印 张	5.25
插 页	2
字 数	95 千
版 次	2019 年 12 月第 1 版
印 次	2019 年 12 月第 1 次印刷
书 号	ISBN 978-7-5695-0586-3
定 价	39.80 元

读者购书、书店添货或发现印刷装订问题,影响阅读,请与营销部联系、调换。
电话:(029)85307864 85303635 传真:(029)85303879

目 录

绪 论 ……………………………………………………… 001
第一章 素材的选择 ……………………………………… 026
  第一节 选择的范围 …………………………………… 026
    一、人物 ………………………………………………… 027
    二、物象 ………………………………………………… 028
    三、事件 ………………………………………………… 029
  第二节 选择的倾向 …………………………………… 030
    一、人物 ………………………………………………… 031
    二、物象 ………………………………………………… 033
    三、事件 ………………………………………………… 034
第二章 文体现象（一）
    ——"我与你"的情歌 …………………………… 038
  第一节 对话与独白 …………………………………… 039

一、信天游词文本与小调词文本中的人称 ………… 039
　　二、"我与你"和"我与它" …………………………… 048
　第二节　生活世界的共同创造与平面相遇 …………… 052
　　一、共同创造 …………………………………………… 052
　　二、平面的相遇 ………………………………………… 062

第三章　文体现象（二）
　　　　——非叙事性 ……………………………………… 070
　第一节　关联的任意性 …………………………………… 071
　　一、小节之间的弱关联或无关联 ……………………… 072
　　二、自然单元容量不闭合 ……………………………… 079
　　三、歌名的任意性 ……………………………………… 081
　第二节　重复 ……………………………………………… 084
　　一、信天游词文本中常见的重复 ……………………… 085
　　二、信天游词文本中缺失的重复 ……………………… 096

第四章　文体现象（三）
　　　　——信天游中的"兴" ……………………………… 102
　第一节　信天游词文本中"兴"的使用状况 …………… 104
　　一、"兴"之诸说 ………………………………………… 104

二、信天游词文本中"兴"的使用状况 …………… 107
第二节 信天游词文本中多样"兴"法的成因 ………… 117
一、既有成因说的检讨 ………………………… 118
二、基于自由意志的兴体任意关联说 …………… 124

结　论 ………………………………………………… 128
参考资料 ……………………………………………… 150
后　记 ………………………………………………… 160

绪　　论

一、纯形式体裁学研究的合法性与必要性

本书是以信天游词文本为对象,以纯形式为考察视角的体裁特征研究。

对于体裁这一概念,大致有四种理解:一为"传统分类条目",二为"普遍形式",三为在特定语境中得以发展的"发展形式",四为"话语形式"。① 本书采用的是第二种理解模式,这除了基于本书的立场和问题意识以外,也是出于对下列问题的有意规避:在笔者看来,第一种理解模式首先要面临的就是分类标准和

---

① Dan Ben-Amos, "Introduction," in Dan Ben-Amos(ed.), *Folklore Genres*, University of Texas Press,1981. 这四种含义系美国民俗学家丹·本-阿莫斯于《民俗体裁·导论》中提出,日本民俗学者西村真志叶在其专著《日常叙事的体裁研究——以京西燕家台村的拉家为个案》中对上述理解以及"体裁"概念本身进行了深入的探讨与反思。参看[日]西村真志叶:《日常叙事的体裁研究——以京西燕家台村的拉家为个案》,中国社会科学出版社2011年版,第36—59页。

系统内部的层级关系问题。不同的标准下类目所属截然不同,究竟应该按什么标准进行分类?同时,如果把体裁理解为一个类别系统,那么一个母系统相对于其子系统而言是一个整体,但相对于更高一级的母系统而言它又只是一个组成部分,那么体裁究竟指涉哪一个层级?笔者认为,这一理解模式的区分意识虽可为后三种模式奠基,但在操作过程中弹性过大,缺乏规范性,易引起混乱。第三种理解模式立足于经验性语境,虽深受人类学家和历史学家的偏好,却可能因过分强调历时性语境的决定意义而导致共时性对话平台的缺失。第四种理解模式以话语为基点,视体裁为一种实践形式,这无疑具有极大的研究空间,但它需要研究者回返实践的场域去感知其日常存在方式,而活态的信天游现已几不可得,这种理解显然不适合本书的研究对象。在本书中,笔者试图探讨信天游词文本的本质性特征,第二种理解正是着眼于本质,所谓"普遍"无关乎数量,而是致力于使体裁保持同一的稳定的形式因素,即一种绝对可靠的理想范型,即使个别具体文本不完全吻合本质性特征也并不影响它们与体裁的关系,那只是实然的文本与应然的完美范型之间的差异而已。综上所述,本书将在"普遍形式"的意义下理解体裁这一概念,从而进入对信天游词文本的讨论。

诚然,对民间文学而言,体裁分类向来是学者所为,譬如信天游的体裁特征云云,民间的歌唱者对此是毫不关心的。事实上,即使对信天游的体裁特征并无明确的理论认识,也丝毫不会影响他们在实际操作层面对这一体裁的自如把握和潜在的体裁区分意识,所以陕北民歌中才会存在信天游、号子、小调、酒曲、猜拳调、祈雨调、祭歌等数十种不同的歌谣体裁①。但是,作为研究者,却不能忽视体裁的认识与区分。首先,诚如西村真志叶所言:"规范体裁,是以某类体裁为对象或单位的所有研究必不可少的前提。与此同时,规范体裁也是出版各类体裁作品集的必要基础。"②其次,规范体裁是不同的研究者彼此之间可以进行对话的基础之一。如果我们对体裁没有深入了解并达成共识性的区分知识,那么,每个研究者都可以行使自己的话语权力对研究对象进行自定义的指涉。如此一来,言说者之间便没有了可以通约的概念平台,所谓的研究便不过是不同个体的自说自话而已,不仅无从交流,学术规范更无从谈起。

信天游是陕北众多民歌体裁中的一种,历来是中国民歌艺苑的一朵奇葩,为人所喜爱,相关的研究不在少数,但由于体裁学研究的薄弱,问题亦不在少数。有的研究者有区分的意识却并未深

---

① 参看《陕北民歌歌种分布表》,见榆林市文化文物局编,霍向贵主编:《陕北民歌大全》(上册),陕西人民出版社2006年版。
② [日]西村真志叶:《中国民间幻想故事的文体特征》,中国社会科学出版社2018年版,第1页。

究其体裁特征,于是,便出现了虽以信天游为研究对象,行文引例却将《绣荷包》等一小部分传统小调牵涉其中的情况①,论据与论点显得有些不对应,并且模糊了体裁的边界;更多的研究者也许是出于方法论上行事便宜的考虑,以"陕北民歌"这一笼统的命名模糊指涉,但实际论证中又似乎是以信天游为主要研究对象②,而将"陕北民歌"与"信天游"误解为相同指涉的两种不同表述,这显然是与民间自有分类体系相脱节的。加强信天游体裁特征研究的必要性由此可见一斑。

迄今为止,研究者已经分别从内容、情感、地域、语言、表现手法等方面,对信天游词文本的体裁特征进行了讨论。下面,笔者将对其逐一简介并加以检讨(鉴于语言与表现手法方面的现有部分研究已经属于对文本形式的讨论,笔者拟在后文中专门介绍,此处先行略过)。

其一,内容。有研究者认为,信天游的特点在于以陕北劳动人民为主角,以爱情、婚姻生活为主要题材,反映不合理的婚姻制度等丰富、深刻的社会内容,同时折射整个陕北的历史文化和风土民情。笔者以为,婚姻爱情几乎是所有民歌甚至是作家文学偏

---

① 参看闫天灵:《"走西口"与晋陕内蒙古毗邻带民歌圈的生成》,载《西北民族研究》2004年第2期。
② 此类文章数量颇为可观,笔者无法一一列出篇名,凡文不对题者,本书征引时均在脚注中有所注明。

爱的题材,且一切此类题材的民歌大抵都可以从中引申出类似的"社会内容"。至于陕北的缩影,陕北民歌中的诸体裁也几乎都能够承担这一使命。所以内容并不能用来把握信天游的体裁。

其二,情感。许多研究者指出,信天游抒情大胆泼辣,炽烈率直,与江南民歌风格迥异,可视为其重要的体裁特点,特别是一些女性的表白,如"**先死上婆婆后死汉,胳夹上鞋包包再寻汉……随黑里死下半夜里埋,赶明里做下一双结婚鞋。前锅里羊肉后锅里面,我给我男人过周年**"[①]等等,简直有些"无法无天"。这一点,何其芳也表示认同,但他同时指出,其他各地这种民歌也相当多,并征引广东梅县民歌、云南巨甸民歌、广东平远民歌、云南鹤度民歌各一首以为证[②]。可见,热辣直白的抒情性也并非信天游所独有,不足以规范其体裁。

其三,地域。以流传地域来定义信天游是相关研究中最为常见的一种体裁界定方式,但是其规范效果却不尽如人意,出现了种种问题。比如,大多数研究者包括《辞海》和《现代汉语词典》

---

① 中国民间文艺研究会主编,何其芳、张松如编辑:《陕北民歌选》,新文艺出版社1952年版,第127—128页。随黑里,即黄昏、傍晚;赶明里,即赶到第二天天亮时候。此为原选本注。
② 何其芳:《论民歌(代序)》,见中国民间文艺研究会主编,何其芳、张松如编辑:《陕北民歌选》,新文艺出版社1952年版,第17页。

都将信天游的流传区域表述为"陕北"①,可"陕北"本身就是一个边界不一的历时性地域指涉——今天一般指陕西省北部,包括延安和榆林两市;昔时却指整个陕甘宁边区,鲁迅艺术文学院(以下简称"鲁艺")编《陕北民歌选·凡例》中就曾特别注明:"编选的范围,大体以产生于陕甘宁边区,反映陕甘宁边区过去和现在的生活者为限;但有些民歌是从别的地方传来,在边区群众中已经广泛流行,只要我们认为是好的,也选了进去。本选集底正确名称,应是'陕甘宁边区民歌选',但'陕北'一词,既然常常被拿来概括整个边区,我们也就沿用了此名。"②何其芳、张松如编辑的《陕北民歌选·凡例》中也有同样的说明③。除了"陕北"一词自身指涉的不稳定性之外,即使是"陕甘宁"民歌,也有可能是从"别的地方"传来的,这无疑使得地域边界变得更加模糊。由于不同的人对地域边界的指涉不一,同为信天游,在不同研究者那里可能用以定义的地理范围并不同一,而不同的命名却可能出现

---

① "信天游:民歌的一种。属山歌性质。流行于陕北一带。"参看辞海编辑委员会编:《辞海》(1979年版)缩印本,上海辞书出版社1980年版,第247页。"信天游:陕北民歌中的一类曲调。"参看中国社会科学院语言研究所词典编辑室:《现代汉语词典》(第5版),商务印书馆2005年版,第1519页。
② 鲁迅艺术文学院编:《陕北民歌选·关于编辑〈陕北民歌选〉的几点说明》,新华书店1950年版。
③ 中国民间文艺研究会主编,何其芳、张松如编辑:《陕北民歌选·凡例》,新文艺出版社1952年版,第1页。

定义地域的交叉。比如山曲、信天游、爬山调这三个不同的名词，有的研究者以之为不同的体裁，有意区分，但以地域为体裁划界时却出现了定义交叉，甚至循环定义的情况，根本无法对体裁进行有效的辨别（笔者在结论部分将专门对此予以讨论，此处暂不详述）。据此，不难看出以地域标准区分体裁的窘境了。

综上所述，内容、情感、地域等等都不足以使信天游区别于其他体裁而成为信天游，故不能成为其体裁界定的标准。借鉴瑞士语言学家索绪尔的静态语言学理论和瑞士民间童话学者麦克斯·吕蒂（Max Lüthi）的童话体裁理论，笔者认为，一种体裁成为它本身的因素在于其自身的形式而非其他。既往体裁研究之所以出现种种问题，皆因多从外在于体裁的因素入手界定体裁，并未把握体裁的本质特征，且忽视了人作为创作主体在体裁形成过程中的自由意志的因素。有鉴于此，本书拟从纯形式的视角，引入自由意志的维度，对信天游词文本的体裁特征做一讨论，以期在一定程度上厘清"信天游"这一概念。

二、信天游词文本体裁形式的研究状况

信天游进入研究者的视野始于延安鲁艺时期。1938年4月，鲁迅艺术学院（1940年更名为鲁迅艺术文学院）成立；次年4月，鲁艺音乐系高级班发起了"民歌研究会"，掀起采集、整理陕

北民歌的热潮。1945年10月,鲁艺编的《陕北民歌选》由晋察冀新华书店出版发行,1950年再版,该书即本书所用资料之一。该选本不但为信天游辟出了专章,还在"曲调说明"中特别指出:"整个陕北的'信天游'在歌词与曲调的形式上都属于一个类型,所以每一段歌词用任何曲调来唱大致上都配得上"①。显然,编者已意识到信天游是一种不同于其他民歌形式的独立体裁。而该本正文之前"关于编辑《陕北民歌选》的几点说明"提到信天游内容"各各独立,未必有连续性"②,则更是涉及信天游词文本的个别文体现象。

1950年9月,何其芳写了《论民歌》一文;1952年,他和张松如先生将鲁艺编的《陕北民歌选》加以调整并增添了一小部分曲调和唱词重新出版(亦即本书所用资料之一),以该文为序言。在这篇序言中,何其芳虽未对信天游予以专门关注,却零散地触及信天游词文本素材方面的某些体裁特征,他指出"有些内容更雄壮更广阔的题材"是不适合全篇用信天游体的。

---

① 鲁迅艺术文学院编:《陕北民歌选》,新华书店1950年版,第62页。类似的说明另参看中国民间文艺研究会主编,何其芳、张松如编辑:《陕北民歌选》,新文艺出版社1952年版,第275页。
② 鲁迅艺术文学院编:《陕北民歌选·关于编辑〈陕北民歌选〉的几点说明》,新华书店1950年版。类似的说明另参看中国民间文艺研究会主编,何其芳、张松如编辑:《陕北民歌选·凡例》,新文艺出版社1952年版,第2页。

此后直至20世纪70年代末,民歌的收集整理工作取得了一定的成果,如《陕甘宁老根据地民歌选》《中国民间歌曲集成·陕西卷》以及一些个人出版的陕北民歌集、信天游选集相继问世①,但相关的理论研究却一直较为沉寂,至于针对信天游词文本的体裁学研究更无从谈起。但是,鲁艺时期的编者们对信天游的体裁意识无疑为其体裁特征的研究打下了一个良好的基础。

80年代以后至今,随着"民间文艺集成工程"的陆续展开,对陕北民歌较为系统的理论研究也开始出现。虽然这些研究绝大部分是以陕北民歌为研究对象,但也不乏对信天游词文本个别体裁特征的分析和概括。如王克文在专著《陕北民歌艺术初探》的结尾对陕北民歌诸体裁做了概述,将信天游的体裁特征描述为"两句一段,段与段可分可合,也可独为一首"②,这其实是对信天游非叙事性体裁特征的不完全表述;同时,他还指出极易混淆的两类体裁——信天游和小调的根本区别不在内容而在于形式,并

---

① 20世纪60年代初,陕西的一些文艺工作者下乡采集民歌,编印了《中国民间歌曲集成·陕西卷》,不过是油印本且印量极少。此外,还有一些个人出版的选集,如李季:《顺天游》,上海杂志公司1950年版;严辰:《信天游选》,海燕书店1951年版;白秉权主编:《陕北民歌独唱曲集》,音乐出版社1958年版;王方亮编曲:《陕北民歌合唱选集》,上海文艺出版社1960年版。
② 参看王克文:《陕北民歌艺术初探》,中国民间文艺出版社1986年版,第233页。

以"完整成章与否"对二者进行简单区分。尽管作者驳斥内容论的理由仍属外在于体裁的因素①，但这些认识本身都是极为可贵的。再如，吕政轩的专著《陕北民歌艺术论》和吕静的论文《陕北民歌概述》都提到了信天游"随意性极强"的特点②。此外，韩世琦的《试谈陕北民歌的语言艺术》、汪敬尧的《陕北民歌的叠词与叠字艺术》、汪东锋的《陕北民歌的迭词与叠音艺术谫论》、王鹏翔的《陕北民歌中的数字修辞》、刘育林和常炜炜的《陕北民歌与陕北方言》、张军等人的《语言学方法与陕北民歌研究》③等论文也都从语言方面对民歌中的重复现象予以了关注，不过因为是在"陕北民歌"的对象范畴内讨论，这些研究都未能体现出信天游词文本重复特征的独特性，尽管其中的不少论文例证大多取自信天游词文本。

---

① 参看本书结论部分第一节"信天游词文本的体裁特征"。
② 参看吕政轩：《陕北民歌艺术论》，宁夏人民出版社2004年版，第3页；吕静：《陕北民歌概述》，载《宝鸡文理学院学报》（哲学社会科学版）1997年第4期。
③ 参看韩世琦：《试谈陕北民歌的语言艺术》，载《延安大学学报》（社会科学版）1983年第4期；汪敬尧：《陕北民歌的叠词与叠字艺术》，载《语文知识》2003年第7期；汪东锋：《陕北民歌的迭词与叠音艺术谫论》，载《广西社会科学》2003年第10期；王鹏翔：《陕北民歌中的数字修辞》，载《广西社会科学》2004年第6期；刘育林、常炜炜：《陕北民歌与陕北方言》，载《中国音乐》（季刊）2005年第1期；张军、张永梅、徐彤：《语言学方法与陕北民歌研究》，载《榆林学院学报》2006年第5期。

这一时期,针对信天游所进行的研究中,成就最高的是李雄飞的两部专著《河州"花儿"与陕北"信天游"文化内涵的比较研究》①和《文化视野下的山歌认同与差异——以河州"花儿"与陕北"信天游"比较为个案》②,只是这两部著作都是从文化角度着眼,对信天游的体裁学研究意义有限。不过李雄飞的论文《山曲、爬山调和信天游的共性研究》③却于本书的论题有着特殊的意义。该文试图证明山曲、爬山调和信天游三者的同质性,但是由于切入立论的角度掺杂了外在于体裁的方言、人口等因素,且最终追溯至人口的历史性迁移,本质上不免有些地域决定论的意味。尽管如此,该文结论本身仍在某种程度上佐证了与本书论题密切相关的问题,即纯形式的超空间性。

笔者曾在前文提到,现有研究中亦有从语言和表现手法两方面对信天游词文本的关注,前者主要指重复,后者主要指"兴"法。相关的论文有刘育林的《信天游语言艺术试探》《信天游"兴"简论》、冯振国的《试析陕北"信天游"的比兴特色》、刘肖杉

---

① 李雄飞:《河州"花儿"与陕北"信天游"文化内涵的比较研究》,民族出版社2003年版。
② 李雄飞:《文化视野下的山歌认同与差异:以河州"花儿"与陕北"信天游"比较为个案》,民族出版社2005年版。
③ 李雄飞:《山曲、爬山调和信天游的共性研究》,载《兰州大学学报》(社会科学版)2004年第1期。

的《从信天游"兴"透视〈诗经〉"兴"之本真形态》①及任海燕的《陕北民歌"兴"的修辞效果》②等等。这些论文介绍了信天游词文本中的一些重复现象,并对其在音韵、感情色彩等方面的效果予以总结。但是,因为缺乏明晰的体裁意识作为先导,此类重复与既往研究中"陕北民歌"的重复形式上并无太大区别,甚至似可为一切民歌体裁所共有,没有体现出信天游重复的区别特征。对于"兴"法,因为信天游长于比兴,故相关研究的数量颇为可观,几乎谈信天游必涉比兴。"比"的内涵历来较为清晰,但"兴"义的界说却是自古众说纷纭,大致可分为起兴说(即兴句与正句无关内容,只关乎声韵)、比兴说(即兴句与正句内容相关)及二者兼备说。然而,在实际的信天游词文本中,却出现了无关音义的兴体,它们以其存在本身对传统的兴义之解提出了质疑。现有的信天游兴法研究基本上将"兴"分为比兴和起兴两大类,然后从信天游词文本中选例印证,这无疑为传统的"兴"义补充了来

---

① 刘育林:《信天游语言艺术试探》,载《延安大学学报》(社会科学版)1987年第1期;刘育林:《信天游"兴"简论》,载《延安大学学报》(社会科学版)2008年第4期;冯振国:《试析陕北"信天游"的比兴特色》,载《延安教育学院学报》1998年第1期;刘肖杉:《从信天游"兴"透视〈诗经〉"兴"之本真形态》,载《陕西师范大学学报》(哲学社会科学版)2007年第4期。
② 该文题目虽为《陕北民歌"兴"的修辞效果》,其内容实际上只涉及陕北民歌中的信天游词文本。参看任海燕:《陕北民歌"兴"的修辞效果》,载《榆林学院学报》2008年第5期。

自民歌文本的例证,但是对于解决上述问题却助益无多,并未从根本上对信天游词文本中复杂的兴体状况给予合理的解释。

综上所述,信天游词文本的体裁特征目前还只是一些零散的、个别的认识,缺少较为系统、全面的观照。有鉴于此,本书拟以既往研究为起点,从纯形式的角度对信天游词文本的体裁特征进行讨论,并尝试对现有研究中存在的一些问题予以修正和解答。

三、本书使用的理论、方法及资料

1. 理论

按照本书的观点,信天游在词文本上区别于其他民歌体裁的本质在于其形式。这一看法借鉴自瑞士语言学家索绪尔的静态语言学理论和瑞士民间童话学者吕蒂的童话体裁理论,以下稍作介绍。

索绪尔是20世纪最著名、影响最深远的语言学家之一。他的学术活动期正值历史语言学和比较语言学盛行之时,"历史比较语言学家重视对过去语言的重建和猜测,轻视语言本身的分析研究"①。索绪尔虽脱胎于当令,但痛感这种历时性的研究只是

---

① 许国璋:《关于索绪尔的两本书》,见赵蓉晖编:《索绪尔研究在中国》,商务印书馆2005年版,第86页。

停留在语言事实的范围内寻找因果联系,并未触及语言本身,所谓"它从来没有费工夫去探索清楚它的研究对象的性质"①。于是,他毅然与之保持距离,呼吁不应专系于一系一族的语言,而应在一种学说之下通论语言,以建立起"一门真正的语言科学"②。他以下棋为喻,认为语言学的研究应着眼于棋法而非棋子的材料(象牙抑或木头),着眼于价值而非实体。棋子的质料对下棋无关紧要,少一枚棋子却会动摇象棋的游戏规则。③ 一枚棋子的物质性离开了棋盘对我们毫无意义,它的价值存在于和其他棋子的关系当中。如果丢了一个卒,可以补上任何一件物事替代,只要按照卒的走法走,它就是卒,具有卒的价值,有价值才能称为实体。④ 换言之,实体来自价值,价值来自关系,而关系来自系统。语言是一种形式(即关系的总和)而不是实在的物质,"语言学的唯一的、真正的对象是就语言和为语言而研究的语言"⑤,即自在

---

① [瑞士]费尔迪南·德·索绪尔:《普通语言学教程》,高名凯译,商务印书馆1980年版,第21页。
② [瑞士]费尔迪南·德·索绪尔:《普通语言学教程》,高名凯译,商务印书馆1980年版,第21页。
③ [瑞士]费尔迪南·德·索绪尔:《普通语言学教程》,高名凯译,商务印书馆1980年版,第46页。
④ [瑞士]费尔迪南·德·索绪尔:《普通语言学教程》,高名凯译,商务印书馆1980年版,第155—156页。
⑤ [瑞士]费尔迪南·德·索绪尔:《普通语言学教程》,高名凯译,商务印书馆1980年版,第323页。

自为的语言本身。尽管索绪尔讨论的是语言,但笔者认为他给予了体裁学研究以极大的启示,这主要基于以下几点认识:其一,每种体裁本身都是由语言单位构成的形式系统。其二,各种具体的体裁又共同构成了一个大的体裁系统,具体体裁的价值不是它固有的属性,而是整个体裁系统赋予它的。单个体裁存在的前提在于它的特殊性,而这些特殊性来自整个体裁系统内其他体裁的参照,亦即来自关系。因为任何内容原则上都可以为一切个体的体裁所共享,所以形式才是每种体裁甚至整个体裁系统的本质。其三,索绪尔对"语言"概念的呈现经历了一个不断否定的过程,这一概念自身就包含着否定的因素,即 A 之所以是 A 就是因为它不是非 A,换言之,定义就是否定,这在方法论上为笔者界定信天游提供了启发。

1947 年,瑞士民间童话研究者吕蒂的《欧洲民间童话——形式与本质》一书问世,该书中提出的五个民间童话体裁特征(即一维性、无深度性、抽象性、孤立性·普遍联系、空洞化·世界性),被人们统称为"民间童话体裁理论"。以此为标志,欧洲民间童话的体裁学研究达到了高峰。该理论认为,"童话的隐秘的力量不在于它使用的母题,而在于使用它们的方式——那就是在于它的形式"①。吕蒂在阐述该书的研究旨趣时指出:"本书是一项描述欧洲童话主要形式特点的尝试。我无意对不同地域的童话比较做广泛的尝试,相反,我将试图去确认所有童话所共同具有的基本形式。我的兴趣不在于讲述者之间和民众之间能被觉察到的个体的差异,相反,我将探索认识什么使童话成为童话。这一类型绝不会以纯粹的形式出现,但它可能源于许多个别故事的一种比较。我将执着于那些保持恒久的东西而不理会一个故事和另一个故事不同的那些表面的差异。"②这种排除外在性因素、针对对象自身的形式研究与索绪尔的视角颇为相似。除了纯形式的立场,民间童话体裁理论关于形式成因的讨论也对本书具有极大的指导意义。吕蒂认为,民间童话是某种精神活动的表露,其背后存在着塑造某种形式的意志③,倘若如此,那么沿着这一观点进一步引申,我们也可以说,一切体裁都是与主体的意志相呼应的,这无疑是打破了艺术唯物论,将人的意志纳入了关注

---

① Max Lüthi, "Introduction," in Max Lüthi, *The European Folktale*: *form and nature*, translated and edited by John D. Niles, Indiana University Press, 1986, p. 3.

② Max Lüthi, "Introduction," in Max Lüthi, *The European Folktale*: *form and nature*, translated and edited by John D. Niles, Indiana University Press, 1986, p. 3.

③ Max Lüthi, *The European Folktale*: *form and nature*, translated and edited by John D. Niles, Indiana University Press, 1986, pp. 81 – 106. 也可参看[日]西村真志叶:《中国民间幻想故事的文体特征·附录1》,中国社会科学出版社2018年版,第120—148页。

的视野。本书结论部分对信天游词文本体裁成因的讨论也正是借鉴了吕蒂的这一思路。

除上述两种理论外,本书还部分地参考和借鉴了马丁·布伯的关系理论。对此,笔者在论述过程中再予以介绍,此处暂不详述。需要指出的是,这些理论之所以可以统一在本书的论题之下,共同构成本书的理论资源,其整合点就在于它们都着眼于形式,并在这一意义上为本书立场提供支持。

2. 方法

本书使用的是文本分析法。西村真志叶将中国民间文艺学界对该方法的理解大致概括为三个层面:"通过解读来挖掘被赋予文本的意味(内容);在文本、创造文本的行为(讲述)和背景(语境)之间的关系中,阐释文本的内涵;在语言本身的层次细读文本,对文本本身进行分析。"① 基于问题意识的考虑和实际操作的需要,本书采用的是第三种方法。

此外,如前所言,鉴于体裁的特殊性必须置于参照系统中才能得以体现,所以笔者将引入参照物——小调词文本,同信天游词文本进行比较,在二者的差异中突出后者的体裁特征。至于所选参照物的资料来源与合法性,将在随后予以说明。

---

① [日]西村真志叶:《中国民间幻想故事的文体特征》,中国社会科学出版社2018年版,第9页。

3. 资料及相关说明

鉴于每种资料的编写体例不尽相同,本书引用时的注释形式亦有不同,现将资料及笔者的征引凡例一并加以介绍。

(1)鲁迅艺术文学院编:《陕北民歌选》,新华书店1950年版。

1945年,晋察冀新华书店出版了鲁艺编《陕北民歌选》,1950再版即为该本,这也是中国近现代音乐史上第一本由专门的音乐家在一种民歌的原生地区长期考察、搜集、记录、整理而成的民歌选本。全书分类以内容为主,兼顾体裁,每一类下前列唱词后附曲调,除信天游外,其他民歌基本都附有采录地点,并注明了部分作者和出处。该本共收录信天游340节(包括第三辑中的45节[①]),其他体裁民歌66首,这些文本都在笔者的考察范围之内。

征引凡例:"**羊羔上树吃柳梢,拿上个死命和你交。**"(鲁迅艺术文学院编《陕北民歌选》第15页)

(2)中国民间文艺研究会主编,何其芳、张松如编辑:《陕北民歌选》,新文艺出版社1952年版。

这是何其芳、张松如以鲁艺编《陕北民歌选》为底本进行调整、补充后出版的选集,也是当时最有影响的陕北民歌选本之一,

[①] 该本中两部分信天游词文本目录层级不一,何其芳、张松如所辑本与之同,参看本书结论部分对体裁的超空间性的讨论。

分别由光华书店、新文艺出版社、新华书店、海燕出版社出版,共发行九次。它的体例与鲁艺版相同,笔者考察了其中收录的信天游339节(包括第四辑中的46节)和其他体裁民歌66首。

征引凡例:"三十三棵荞麦九十九道棱,二妹妹虽好是人家的人。"(何其芳、张松如编辑《陕北民歌选》第94页)

(3)中国民间文艺研究会编,中央音乐学院民间音乐研究所整理:《陕甘宁老根据地民歌选》,新音乐出版社1953年版。

这一选本与何其芳、张松如编辑的《陕北民歌选》并为当时最有影响的陕北民歌选集,由上海新华出版社、北京新音乐出版社四次出版发行。它的民歌词文本都以"首"为单位配以曲调,并尽量注出采录地或者流行地,共收录了民歌词曲572"首",其中信天游36"首"(该本按内容把民歌分为生活类、爱情类、传说故事类、新词类、杂类,但这一分类标准是比较混乱的,因为关于爱情的题材几乎存在于每一类中,事实上,除了信天游和劳动号子、打夯歌等之外,余者大多都是小调)。笔者对这500多首民歌词文本进行了考察。

征引凡例:"对面山上一道弯,知心话儿没拉完。"(《陕甘宁老根据地民歌选·203》)

凡例释义:该选本目录中除按页码排序外,每"首"歌依次亦有独立的序列号。因为一页常有数"首"词文本,且不乏内容近似者,为便于区别,笔者以词文本所在歌曲的序列号标注引文出处。资料(4)(5)序列体例与此相同,不再重复说明原因。凡例意为"引自《陕甘宁老根据地民歌选》第203'首'民歌词文本"。

(4)杨璀编:《露水地里穿红鞋——信天游曲集》,人民音乐出版社1995年版。

该本的采录年代跨越了大半个世纪,最早为1940年,最迟为1990年,既有对既往资料的吸收,也有编者田野所获的第一手资料,共收录信天游415"首",词曲皆备,并附有采录地点、记录人和受访者姓名等文本的生态信息。虽是个人出版的选集,却是同类资料特别是信天游选集中的代表作。该集所有文本皆属本书考察之列。

征引凡例:"我站在(那个)圪梁梁上么妹子你在(那)沟,看中了(那个)哥哥妹子你就摆一摆手。"(《露水地里穿红鞋——信天游曲集·281》)

凡例释义:意为"引自《露水地里穿红鞋——信天游曲集》第281'首'民歌词文本"。

(5)榆林市文化文物局编,霍向贵主编:《陕北民歌大全》(上、下册),陕西人民出版社2006年版。

该本系陕西省榆林市文化部门组织广大音乐工作者在《陕北民歌选》和《中国民间歌谣集成·陕西卷·陕北部分》的基础

上结合新的田野调查资料整理、充实而成,其容量之大、体裁之全,超过了以往所有的陕北民歌选集。该选本词曲俱全,较之资料(4),还补充了文本生态信息中极为重要的采录时间。全书共收录陕北民歌十余种体裁1427首,笔者考察了其中的1053首(即该本类目中的"信天游""山曲"和"一般小调")。

征引凡例:"鸡冠子(的这)开花(哟)单对(个)单,咱们(的那个)见面(了着)容易拉话(一个着)难。"(《陕北民歌大全·上册·246》)

凡例释义:意为"引自《陕北民歌大全》(上册)第246'首'民歌词文本"。

说明:第一,上述五种资料中,(1)(2)词文本没有衬字;(3)词文本有衬字,但衬字无任何特殊标识;(4)(5)词文本有衬字,且衬字置于括号之内。本书引用时皆从选本原貌。第二,笔者认为上述部分资料的体裁划分标准以及对一些具体民歌的体裁分类都是不恰当的,所以,对各本中的小调和资料(5)中信天游的文本数量未按原有分类统计列出,只计以被考察文本的总数,以交代笔者所用资料的数量。鉴于本书的问题意识并非建立在统计学的意义上,故其只对笔者认为分类不当的体裁加以交代,而不再进行两种体裁数的具体统计。第三,除资料(4)外,其他选本都收录了部分小调词文本,就总量而言,本书所用信天游词文本和小调词文本资料数量大致相当,具有比较的必要前提。第四,上述所有统计数字均为个体资料的独立统计,未排除不同资料之间重复的文本数。

四、需要说明的几个问题

1. 研究对象参照物选择的合法性

小调是陕北民歌中的一种体裁,笔者以之为信天游词文本的参照物是基于以下几点原因:其一,作为体裁,二者处在邻近的层次。其二,它们均偏重婚恋题材,如《陕甘宁老根据地民歌选》的"爱情类"就由信天游和一部分小调组成;小调词文本甚至还有向信天游词文本"借词"的现象①,凡此种种都使得二者更加易被混同。有的研究者就将陕北民歌《蓝花花》视为容量扩充了的信天游②,而事实上,《蓝花花》只是向信天游借了几节词的小调而已,这一点笔者在结论部分还将予以回应。其三,一些研究者已

---

① 比如著名的小调《蓝花花》"你要死哟你早早死,前晌里死来后晌蓝花花走……"等唱词即为信天游词文本所常见,不过后者将"蓝花花"替换为"我"罢了。参看中国民间文艺研究会主编,何其芳、张松如编辑:《陕北民歌选》,新文艺出版社1952年版,第27页。也可参看鲁迅艺术文学院编:《陕北民歌选》,新华书店1950年版,第68页。
② 党红岩提道:"信天游通常是两句为一段用一辙韵,表达一个完整的意思。也有很大一部分是为抒情和叙事而扩大为分节歌形式,如《蓝花花》《十三上订亲十四上引》等。"参看党红岩:《陕北信天游的艺术特点》,载《音乐天地》2008年第9期。

经就两种体裁的区别做了一些工作,但有的完全从内容着眼,认为信天游和小调的区别即"山野之曲"与"里巷之曲"的不同①;有的虽意识到了二者异在形式,但在论证中却是从内容、地域等角度切入进行分析,论证和结论分属不同的范畴,且最终对其形式差异概括得也不够全面②。有鉴于此,笔者选择小调词文本作为本书研究对象的参照物,以求通过比较,较为全面地把握这两种词文本的体裁特征。

2."就词舍调"的原因与局限性

信天游作为一种民歌体裁,是由词文本与曲调两部分构成的。相对于词文本的研究,曲调的体裁研究已较为成熟③,因为词文本自身也具有鲜明的体裁特征,加之笔者的问题意识只是集中在"文学性"的考察等原因,本书选题"就词舍调",仅以信天游

---

① 参看吕政轩:《陕北民歌艺术论》,宁夏人民出版社2004年版,第5页;吕静:《陕北民歌概述》,载《宝鸡文理学院学报》(人文社会科学版)1997年第4期。
② 参看王克文:《陕北民歌艺术初探》,中国民间文艺出版社1986年版,第233页。
③ 曲调的相关研究参看刘均平:《信天游简论》,见杨璀编:《露水地里穿红鞋——信天游曲集》,人民音乐出版社1995年版,第6—16页;霍向贵:《试论陕北民歌的色彩区划分》,见吕政轩:《陕北民歌艺术论》,宁夏人民出版社2004年版,第226—231页;刘育林、常炜炜:《陕北民歌与陕北方言》,载《中国音乐》2005年第1期;王新惠:《陕北民歌演唱技巧探究》,载《乐府新声》2002年第1期。此类文章还有很多,篇幅所限,恕笔者不能一一列出。

词文本为研究对象。当然,这对民歌体裁而言无疑是有局限性的。

3. 所用部分资料中体裁归类不当的说明

笔者认为,本书使用的部分资料中对一些民歌的体裁归类是不当的,现暂列如下,待完成主体部分的论证后,再在结论部分予以说明。

(1)《陕北民歌大全》中有一类体裁名为"山曲",与信天游并列归于山歌类下。

(2)民歌《蓝花花》在《陕北民歌大全》中被归入信天游类。

(3)《陕北民歌大全》中有一首《想起我男人背地里哭》(《陕北民歌大全·上册·158》),该曲采录于1979年,是安塞县的佘步英根据她丈夫张振川闹革命英勇牺牲的真实故事自编自唱的,旨在宣传丈夫的英雄事迹,选本将其划入了信天游类。

4. 对本书中使用的信天游的量词"首"的说明

笔者认为,信天游词文本小节之间的关联呈任意性,故信天游不能论"首",只能论"段"(详见本书第三章第一节对于任意关联的论述),但出于表述的需要,本书仍多处使用"首"这一量词,为准确起见,笔者一律为其添加引号,以示区别。

五、全书框架

首先,笔者从素材入手,从选择范围和选择倾向两方面对信天游词文本的选材特点做了初步的介绍。其次,本书重点分析了信天游词文本中复数主体的对话、非叙事性和兴体的任意关联等文体现象。在呈现文体现象的基础上,笔者对个体的文体现象进行了总结,从中概括出信天游词文本的总体体裁特征。最后,对体裁的超时空性及体裁形成的原因等与本书论题密切相关的问题进行分析。

第一章　素材的选择

既往研究者多认为,信天游词文本在内容题材上以婚恋为主,与小调词文本十分相似,这也使得二者在体裁上更容易被混同,对此,笔者在绪论中已提及。现在,我们将所谓的"内容题材"加以细化,分为人物、物象和事件三类,总以"素材"之名。通过进一步考察,笔者发现,信天游词文本在素材的选择范围和选择倾向上具有一定特点,与小调词文本并不完全相同,而这种特点与其体裁特征的形成有着密切的关联。

以下,笔者即从素材的选择范围和选择倾向两个方面,对信天游词文本做简单的介绍。

第一节　选择的范围

信天游词文本作为一种体裁,在素材选择的范围上较之小调词文本相对较窄,总的来说,歌者都是从身边就地取材,很少跨越日常生活中时间和空间的界限。

一、人物

信天游词文本中,存在"哥哥""小妹子""二不溜子"①"小伙子""媒婆子""大闺女""小媳妇""猴小小"②"好婆姨""洋烟鬼""白胡子老汉""倒灶鬼"③"公公""婆婆""活寡妇""二大流"④"出门人""脚夫""拦羊娃娃""拦羊哥哥""当兵人""逛野鬼"⑤"娘老子"等人物,这些人物多或是与歌者密切相关,或是为其所常见,基本上是同歌者无时空隔膜的周遭之人。

而小调词文本中,除了有这些取自当下的身边人外,还往往会出现与歌者存在时空阻隔的人物,如山西沁源县百十里地外的

---

① 二不溜子,即不大不小的意思。
② 猴,小的意思,如说猴娃娃。小小,小子的意思,即男孩子。此为原选本注。参看中国民间文艺研究会主编,何其芳、张松如编辑:《陕北民歌选》,新文艺出版社1952年版,第120页。
③ 倒灶鬼,即不务正业之人。
④ 二大流,不好好干活的人。此为原选本注。参看中国民间文艺研究会主编,何其芳、张松如编辑:《陕北民歌选》,新文艺出版社1952年版,第126页。
⑤ 逛野鬼,在外流浪的人。此为原选本注。参看鲁迅艺术文学院编:《陕北民歌选》,新华书店1950年版,第49页。

李贵姐①,同贵姐"搭伙计"②的王万山和李德才③,一十三省的好女儿蓝花花,安定县孙家崖的菱娃和成娃④,山西中阳县的好女人⑤,延川永平镇的许凤英⑥,甚至古代的状元⑦、道光皇上⑧和古戏文里的张生与莺莺⑨。单就这一点而言,小调词文本的素材选择范围也要比信天游词文本广阔得多。

二、物象

在物象方面,信天游词文本几乎囊括了农村日常生活中的所有常见物象。从"红鞋""白布衫衫""黑褂褂""毛市布袄袄""羊肚子手巾""露水地""黄河畔""枣林""石头湾""炕头"等衣着景

---

① 鲁迅艺术文学院编:《陕北民歌选》,新华书店1950年版,第79—87页。
② 搭伙计,即找情人。
③ 鲁迅艺术文学院编:《陕北民歌选》,新华书店1950年版,第79—87页。
④ 鲁迅艺术文学院编:《陕北民歌选》,新华书店1950年版,第102—106页。
⑤ 参看榆林市文化文物局编,霍向贵主编:《陕北民歌大全》(上册),陕西人民出版社2006年版,第363页。
⑥ 参看中国民间文艺研究会编,中央音乐学院民间音乐研究所整理:《陕甘宁老根据地民歌选》,新音乐出版社1953年版,第202页。
⑦ 参看榆林市文化文物局编,霍向贵主编:《陕北民歌大全》(上册),陕西人民出版社2006年版,第404页。
⑧ 参看中国民间文艺研究会编,中央音乐学院民间音乐研究所整理:《陕甘宁老根据地民歌选》,新音乐出版社1953年版,第210页。
⑨ 参看榆林市文化文物局编,霍向贵主编:《陕北民歌大全》(上册),陕西人民出版社2006年版,第730—731页。另参看中国民间文艺研究会编,中央音乐学院民间音乐研究所整理:《陕甘宁老根据地民歌选》,新音乐出版社1953年版,第197—198页。

致,到"打碗碗花""洋芋""花椒树""山丹丹花""青杨柳树""荞麦花"等草本植物;从"百灵子""蛐蛐儿""鸭子""鹅""羊羔羔""母鸽""沙燕""白脖子狗娃"等昆虫鸟兽,至"钱钱"①"米""砂糖""冰糖""羊腥汤""镰刀""干柴""豇豆""鸡蛋壳壳""烧酒盅盅""韭菜""红豆角角"等家什、食物;可以说,只要是歌者生活世界中的物象,无一不可入信天游。

小调在这一点上稍有不同,因为它常常跨越时空选择素材,所以,除了常见的现代物象外,有时也会出现一些古老的物象,如"九连环""白龙马""银灯"②等等。

三、事件

信天游词文本几乎没有对完整事件的叙述③,多是心情的抒唱,从零散断裂无序的唱词中,我们大致可以推断出以下的事件:诸如"小媳妇想娘家,大姑娘盼出嫁,女娃娃算卦,吹鼓手迎亲,年轻人谈情说爱,夫妻间吵嘴逗趣"④,骂媒人,控诉不幸婚姻,骂烟鬼,送情郎,等情郎,相思叹,婆婆虐待儿媳,小寡妇醮夫再嫁等

---

① 钱钱,一种地方食物,指用黑豆或黄豆在碾子上压成的豆饼。
② 参看中国民间文艺研究会编,中央音乐学院民间音乐研究所整理:陕甘宁老根据地民歌选》,新音乐出版社1953年版,第196页。
③ 就笔者所见,只有一"首"信天游较为特殊,即绪论中提到的《想起我男人背地里哭》。
④ 王克文:《陕北民歌艺术初探》,中国民间文艺出版社1986年版,第12页。

等,也不乏唱述出门人思念家乡、百姓爱党拥军的词文本。

　　小调词文本一般会对人物及其行为进行相对较为完整的唱述,除了将主要事件展现给听歌人外,有时还会对场面和细节做细致的刻画。诸如小媳妇受折磨、店家失女、绣荷包、偷红鞋、找婆家、小寡妇哭坟、秃子娶亲、光棍哭妻、送郎等郎盼郎归、害娃娃、卖杂货、妓女告状、自由婚等许多事件,常常兼具起承转合。此外,还有对传说故事的唱述,如《张生戏莺莺》《雪梅吊孝》[①]《王祥卧冰》[②]《郑祥造反》[③]等等。

　　就以上三方面而言,信天游词文本与小调词文本的选材范围有重合的区域,但是,后者的涉猎面无疑更为广阔,并且二者唱述的方式和风格也是截然不同的,从而呈现出不同的文体现象,对此,笔者在随后的几章中将做进一步论述。

第二节　选择的倾向

　　从本书使用的资料来看,上一节中提到的素材,在信天游词

[①] 参看榆林市文化文物局编,霍向贵主编:《陕北民歌大全》(上册),陕西人民出版社2006年版,第495页。
[②] 参看榆林市文化文物局编,霍向贵主编:《陕北民歌大全》(上册),陕西人民出版社2006年版,第494页。
[③] 参看榆林市文化文物局编,霍向贵主编:《陕北民歌大全》(上册),陕西人民出版社2006年版,第278页。

文本中的出现呈现出一定的倾向性。这种较为稳定的倾向性,在一定程度上为信天游词文本体裁特征的塑造发挥了作用。在这一节中,笔者仍从人物、物象和事件三方面着手,对素材的选择倾向加以分析。鉴于有的倾向与本书后面的内容稍有重复,故笔者只做简单提及。

一、人物

信天游词文本中的人物基本是以歌者为中心进行定位的。需要指出的是,这里的"中心",并不是一种歌者主体中心论,而是说词文本中出现的人物都与歌者关系密切。斯人或是歌者朝思暮想、心心念念惦记的那个他或她,或是歌者的父母公婆、邻里亲朋,还可能是歌者的仇人,如"**对面圪上种白菜,仇人就把我的名誉坏**"(鲁迅艺术文学院编《陕北民歌选》第35页),但无论怎样,这些人一定都与歌者有着密切的关系。而小调词文本则不同,出现于其间的人物可以是歌者所常见的,也可以完全和歌者没有任何关系,他们与歌者之间允许横亘时空的阻隔,甚至于对小调而言,这几乎是一种常态。有关传说故事人物的小调便极为典型地体现了这一点,如"**十月的(里)孝王祥,王祥卧冰为老娘,热身子躺在个(的)冷冰上,一对对鲤鱼刚赶上**"(《陕北民歌大全·上册·898》)。

信天游词文本中的人物以青年男女为主。虽然词文本中也有大大（父亲）、妈妈、媒婆子、公公、婆婆、白胡子老汉等中老年人出现，但这些人都是围绕青年男女而存在的，换言之，他们的功能在于通过自身的存在和行为来突出或刺激青年男女的情绪或情感，以引起抒怀，并且这些人物常常被一语带过，并不加以详述。如"**年青人看着年青的好，白胡子老汉毬势①了**"（鲁迅艺术文学院编《陕北民歌选》第37页），又如"**你大你妈爱银钱，没给你寻下个好人家**"（鲁迅艺术文学院编《陕北民歌选》第40页）。

基于上述两点，信天游词文本多使用第一、第二人称，其他的称谓也多是哥哥、妹妹、公公、婆婆、大、妈、干姊妹等能够看出密切关系的亲属性称谓，很少有小调词文本中类似"张生""雪梅""王祥""菱娃""李兰英"的确切姓氏或名字，偶尔出现，也是引出一种对比性的修辞方式，不承担任何行为功能，比如"**要穿蓝来一（个）身身蓝，倒像（你个）吕布（呀）戏貂蝉**"（《露水地里穿红鞋——信天游曲集·405》）。信天游词文本中也很少出现小调里诸如"秃子""瞎子"等基于属性特征的他称，更不会出现像"**六月里来热难当，双湖峪闪上个艾团长**"（何其芳、张松如编辑《陕北民歌选》第159页）中"艾团长"这样的官职性称谓。

此外，信天游词文本中的人物多倾向于简单勾勒，罕有细致地描摹。如女儿之美，小调词文本中有时会进行较为细致的描

---

① 毬势，不行、完蛋或倒霉的意思。此为原选本注。

述,"**苏州头、杭州簪、金顶头、银耳环、八字片片两鬓贴,两鬓又带生金环……青缎褂套外边,八幅罗裙点翠蓝,石榴花儿挑尖尖,红头绳来扎辫辫……**"(《陕北民歌大全·上册·718》),歌者仿佛唯恐听歌的人不能想见其美,故进行了一系列细节性的刻画,极力将人物的形象具体化。而信天游却最多是"**要穿红来红(个)绸绸袄,绿绣缎裤子水上飘。长得不大长得俏,来来(你个)回回把哥哥扰。二道道韭菜绺把把,小妹妹也顶她蓝花花**"(《露水地里穿红鞋——信天游曲集·405》)。具体怎么美,我们无从知晓,歌者似乎与听歌的人之间存在一种默契,他所唱述的一切都是彼此熟知的,也就无须过多介绍(本书第二章还将就此做进一步讨论)。值得一提的是,简明的描述是信天游词文本的整体追求,并不只体现在人物的刻画中,对物象和事件的唱述也多循此道,篇幅所限,笔者此处仅以人物为例。

二、物象

在上一节中,笔者罗列了信天游词文本中出现的一些物象,不难发现,那些物象都是陕北农村生活中常见的植物、动物、衣着、器皿,是歌者时时耳闻眼见的,也是可以去亲历的,具有日常性。而小调词文本中的物象却不尽如此,除了一些农村日常生活中常见的物象外,还可能出现具有鲜明历史性的物象,例如"**送情郎送在二里亭,头上金簪拔一根……送情郎送在三里亭,小丫**

鬟怀抱状元红……送情郎送在八里亭,八宝玉带送情人……金银鞍子葵花蹬,崔莺莺手搭马鞍笼……"(《陕北民歌大全·上册·853》)中的"金簪""状元红""八宝玉带""金银鞍子""葵花蹬",还有笔者之前提到的"白龙马""九连环"等等,都是古代才有的一些物象,这主要是因为其选择的素材范围较广,涉及古代的传说故事。

三、事件

王克文在《陕北民歌艺术初探》一书中说:"在已搜集到的八千首陕北民歌中,反映爱情生活、婚姻问题,或包括这个内容的作品占了百分之八十。被誉为劳动人民的代表作的山歌(陕北称信天游、顺天游或山曲①),几乎全是这个题材。因此,民歌又往往被说成是'爱的海洋'。"②从笔者上一节中的举例也不难看出,信天游词文本中不甚完整的事件倾向于婚恋题材。在选择素材的倾向性上,小调词文本与之十分相似,这也是两种体裁历来容易被混同的重要原因之一。诚然,无论是信天游还是小调,素材所容纳的事件并非仅止于婚恋,比如信天游词文本中有所谓"反

---

① 对于这三种不同的命名,参看本书结论部分对体裁的超空间性的讨论。
② 王克文:《陕北民歌艺术初探》,中国民间文艺出版社1986年版,第32页。

映了陕北人民对外来侵略的抵制"①的"**晴天蓝天高格朗朗**②**天，什么人留下种洋烟？……洋烟本是外国草，谁抽洋烟谁倒灶，你抽洋烟我刮灰，好人抽成个刮野鬼……**"（何其芳、张松如编辑《陕北民歌选》第132页），有出门人思乡的"**山羊绵羊五花羊，何时回到本地方**"（何其芳、张松如编辑《陕北民歌选》第129页）；小调词文本中也有歌颂领袖的"**忘不了四八年开了春，毛主席送来黑豆种，黑豆（是）撒地扎下根，代代相传到如今**"（《陕北民歌大全·下册·1070》），等等。但是，婚恋题材以绝对的数量优势成为素材的主体，这一点，却是不容置疑的。至于原因，史铁生曾以诗意的笔触这样解释："想来，人类的一切歌唱大概正是这样起源。或者说一切艺术都是这样起源。艰苦的生活需要希望，鲜活的生命需要爱情，数不完的日子和数不完的心事，都要诉说。民歌尤其是这样。陕北民歌尤其是这样。'百灵子过河沉不了底，三年两年忘不了你。有朝一日见了面，知心的话儿要拉遍。''蛤蟆口灶火烧干柴，越烧越热离不开。''鸡蛋壳壳点灯半炕炕明，烧酒盅盅量米不嫌哥哥穷。''白脖子鸭儿朝南飞，你是哥哥的勾命鬼。半夜里想起干妹妹，狼吃了哥哥不后悔。'情歌在一切民歌中都占着很大的比例，说到底，爱是根本的希望，爱，这才

---

① 王克文：《陕北民歌艺术初探》，中国民间文艺出版社1986年版，第12页。
② 高格朗朗，很爽朗的意思。此为原选本注。

需要诉说。"①

何其芳在《陕北民歌选·论民歌(代序)》中说:"而且就是体裁,民间文学也是多种多样的,我们不要只看到一二种体裁的优点。比如'信天游',的确是一种比较自由优美的体裁。但是,如果大家都只写'信天游'体的诗歌,那也是非常单调无味的。有些内容更雄壮更广阔的题材恐怕就不适宜全篇都用'信天游'体。"②显然,就体裁而言,何其芳已经意识到了信天游素材的一些特点。所谓不适宜"更雄壮更广阔的题材",在笔者看来有两层意思:一是说信天游取材生活,都是平常人琐碎日子中的愁怨爱恋,即所谓"似乎也没有抓住什么'重大题材'"③;二是说信天游素材组合比较自由,难以承担宏大的结构或叙事。这也从一个侧面,佐证了笔者对信天游词文本素材的认识。

信天游即兴编词,信口唱来,素材完全取自歌者当下的生活,范围有限;人物描述简明,且以歌者为中心可以形成关系圈,没有时空跨度;物象具日常性;偏于婚恋事件。这些倾向性在一定程度上支持了信天游词文本体裁特征的形成。

对于歌者来说,他们也许对体裁的概念没有多少明确的认

---

① 史铁生:《黄土地情歌》,见《好运设计》,春风文艺出版社1995年版,第235—236页。
② 中国民间文艺研究会主编,何其芳、张松如编辑:《陕北民歌选·论民歌(代序)》,新文艺出版社1952年版,第38页。
③ 王克文:《陕北民歌艺术初探》,中国民间文艺出版社1986年版,第13页。

知，但是，他们懂得什么才是适合信天游的素材，比如他们就不会用信天游去唱述一段历史传奇，甚至不会用信天游去唱别人的故事。他们有选材的自由，但是，似乎有一种出于保持某种形式的意志使歌者选择合适的素材去维持信天游体裁特征的稳定性。从下一章开始，笔者将对信天游词文本基于意志约束出现的一系列文体现象做进一步的分析。

第二章 文体现象（一）
——"我与你"的情歌

"人称"一词，在《现代汉语词典》中解释如下："某些语言中动词跟名词或代词相应的语法范畴。代词所指的是说话的人叫第一人称，如'我、我们'；所指的是听话的人叫第二人称，如'你、你们'；所指的是其他的人或事物叫第三人称，如'他、她、它、他们'。名词一般是第三人称。"① 由于其特定的指称功能，凡有言谈处，就必然会出现人称。所以，在西方叙事理论中，"人称"一直是一个重要的概念，20世纪60年代结构主义叙事理论兴起以后，它更是和"叙述主体""视角""焦点"等概念一起，成为叙事学叙述话语领域的主要研究对象，被给予专门而系统的研究。因为"人称"这一概念进入理论视野是针对叙事文本的，而民歌自身大多叙事性不强，所以在民歌的研究中，这一直是一个鲜有人注

---

① 中国社会科学院语言研究所词典编辑室编：《现代汉语词典》（第5版），商务印书馆2005年版，第1144页。

意的概念,信天游的研究也不例外。但是,如果跳出"叙事研究"的思维定式,从"人称"所代表的关系入手,我们会发现,信天游不同于小调的人称背后有着关于"复数主体"和"自由世界"的哲学隐喻。

第一节　对话与独白

一、信天游词文本与小调词文本中的人称

1. 信天游词文本中的人称

刘均平在《信天游简论》中说:"信天游是一种倾吐歌者心声的形式,而不是客观叙事或表演娱人的艺术……因此,从总体上讲,以第一人称直抒胸臆,具有强烈的抒情性是信天游的又一特点。"[①]虽然笔者认为此语忽视了信天游词文本中的第二人称,且关于信天游人称的表述并不全面,但它已经注意到了人称这一概念,并且点出了一个关键,即"信天游是一种倾吐歌者心声的形式"。正因为它是倾吐歌者心声的情歌,所以,它既不是为了表演娱人,也不是为了自说自话,而是为了向人倾诉,与人对话,于

---

① 刘均平:《信天游简论》,见杨璀编:《露水地里穿红鞋——信天游曲集》,人民音乐出版社 1995 年版,第 9 页。

是,它对听歌者进行了预设,这种倾诉是双向度且具有指向性的。换言之,信天游的词文本中大多有一个预设的"你",有一个潜在的开放对话的场域。

"东山里(的个)点灯(哎)西山里(得个)明,远路了(的个)朋友(哟)照也照不见(个)人。你在那里得病(哎)我在这里哭,秤下了(的个)梨儿(哟)送也送不上(个)门。"(《露水地里穿红鞋——信天游曲集·13》)在这里,第一节比句开头,由物及人,喻有心无力、鞭长莫及之情状,似乎还看不出明显的对话关系,但第二节就直接点出了"我"与"你",显然,歌者预设了听歌者,这个听歌者不是别人,而是"你",这是"我"与"你"之间的对话。"你"是"我"全部牵挂和倾诉的落脚点,"你"的病痛"我"感同身受,买了梨子却送不上门,这有心无力的痛楚和记挂都是为"你","我"在唱述的过程中每时每刻都在渴望"你"的声音,多么想知道"你怎么样了"。"我"无法把"你"当作一个纯粹的客体,因为在对话行为中,对话关系本身就决定了双方是相互的、平等的,它要求"我"用自己的整个身心去对"你"的全部存在做出回应。"我"不可能沉浸在自我的世界里不顾及"你"的感受自言自语,更不会彰显"我"作为言说者的话语权力去对"你"进行任意言说,"我"所有的言语最终指向只能是"你",没有"你"就没有了"之间",也就没有了对话中的"我"。在这里,没有角色,没有主客之分,有的只是两个平等对话、赤诚相恋的爱人。又如"**风尘尘不动树梢梢摆,梦也梦不见你回来。青草牛粪救不着火,昨夜梦见你和我**"(何其芳、张松如编辑《陕北民歌选》第 109 页)。"我"希望"你"了解"我"的情感、"我"的梦境、"我"的相思,期待"你"回应"我"以同样的思恋;"我"盼望"你"的归期,甚至盼望不在身边的"你"也能够向"我"讲述关于"你"的近况,仿佛"你"就坐在"我"的面前;"我们"你一句我一句地在进行交谈。这一刻,时间和空间的阻隔都不复存在,有的只是"我与你"自由地对话。①

有的信天游词文本中并没有第一人称,但是,这种对话的关系仍然存在。譬如,"**羊肚子手巾三道道蓝,你说你难谁不难?白日里想你饭不吃,到夜晚想你偷的哭。白日里想你穿不上针,到夜晚想你吹不熄灯。白天想你埝畔**②**上站,夜晚想你胡盘算。前半夜想你吹不灭灯,后半夜想你翻不转身。擦一根洋火点上个灯,长下个枕头短下一个人**"(何其芳、张松如编辑《陕北民歌选》第 108—109 页)。这段中虽然没有明显的第一人称出现,但出现了"你"字,这是一个指称听话人的人称代词,既然有听话人就必

---

① 信天游词文本中极少出现表示具体时间与空间的词,仿佛这是一个没有时空框架的世界,笔者在下一节中将对此做专门的分析,参看本书第 62—69 页。
② 方言,读 jie 阴平,ban 去声,意为临街的较陡的矮坡。

定有说话人,于是,无形中就形成了一个"我—你"对话的关系场域。因为对话关系的构成,可以没有"他(她)",却少不了互相对话的"我"与"你"。换言之,"你"是本质性地存在于与"我"的先天性联系之中,在对话关系里"我"与"你"两者缺一不可。显然,是"我"在唱,并且是唱给"你"听的。"我"白天茶饭不思,夜里以泪洗面,望着空空的枕席,守着长长的夜,"我"情感的终极落点都是"你"。"我"对"你"如斯倾诉,是为了让"你"明了"我"的处境,"我"的思念,是为了得到"你"的呼应,为了与"你"对话。并且,"你"时间和空间上在不在"我"身边都不会影响这种对话,因为这种关系本身是超越时空的自由相遇,在"我"称述出"你"的那一刻,"你"就是当下,就是面对面的在场,"我"甚至可以质问**"你说你难谁不难?"** 诚如叶秀山所言:

> "他"可以是活的,也可以是死的,"他人"包括了"古人";但说到"你"时,则一定是"活"的,即使是已经死了的,当"我"和"他""对"上了"象","对"上了"话",面对面时,也是把"他"当作"你"来对待,因而是"活"的。"他"可以"不在场","你"却必定是"在场的"。一切的"你"都有一种不可抗拒的"在场性"。无论"你"远在天边,"上穷碧落下黄泉","我"都在"找"

"你",也都可以"找""你"。一切"怀念""悼亡"……都在"寻找'你'",把远离、逝去的"他(她)"找回来,成为"你"。①

我们不难发现,信天游词文本的人称称述其本质是在构建一种对话的场域,即使有时第一人称"我"缺失,由于"你"所隐含的先在的对话关系,也仍旧能够构成对话。虽然有时出现在文本中的仅仅是"妹子""哥哥""三哥哥""二妹妹"这样的他称,如"**洋烟高来妹子低,照不见哥哥在哪里……对面湾里一疙瘩烟,**②**二妹子越看越顺眼**"(何其芳、张松如编辑《陕北民歌选》第92、93页),"**清水水**③**玻璃隔着窗子照,满口口白牙对着哥哥笑……一把抓住妹妹手,有两句话儿难开口**"(何其芳、张松如编辑《陕北民歌选》第96—97页)。但是,根据语境我们也很容易看出那仍是二人之间的对诉。可以说,这个世界里几乎不会有第三方加入,这是一个"我与你"的情爱世界,这个世界是一种"之间"的相遇和对话。

---

① 叶秀山:《"现象学"和"人文科学"——"人"在斗争中》,载《中国社会科学院研究生院学报》1992年第2期。
② 烟,指洋烟。此为原选本所注。
③ 清水水,明亮的意思。此为原选本所注。

2. 小调词文本中的人称

小调词文本与信天游词文本在人称使用上有所不同。在小调中,很少有第二人称出现,甚至连第一人称都不是很多见,最常见的是第三人称,或者在指称关系上等同于第三人称的名词,如四保、成娃、迎春、秃子等人物的姓名、绰号和事物的名称。这一点,何其芳在《陕北民歌选》序言中亦有所提及,他说:"人的生活中既然有男女之事,而在旧社会里恋爱和婚姻又成为很多人得不到合理解决的切身问题,在民歌方面自然就会有大量的反映。这种反映,如果是当事者的表白就成为情歌,如果是第三者的歌咏就成为陕北民歌中'蟠龙街','店家失女','三十里铺'那一类作品。"①这里的《蟠龙街》《店家失女》《三十里铺》等即属于传统的小调。语法上,第三人称"他"("她""它")被用于指代外在于言说者的客观世界和对象事物,一如《现代汉语词典》所释,指"其他的任何事物"。而这个"其他的任何事物"相对于主体的歌者而言是完全无关的他者,他不会在主体的世界里激起一丝涟漪,因为他们根本不在同一个世界,他只是一个被言说的对象而已,是完全外在于主体世界的陌生物。歌者在用第三人称称述时,其话语流都是指向与自我世界相对立的外部世界,而被言说的对象

---

① 中国民间文艺研究会主编,何其芳、张松如编辑:《陕北民歌选·论民歌(代序)》,新文艺出版社1952年版,第25页。

本身是没有辩解和回应的权力的,他们在言说中完全沉默,成为任由歌者唱述的他者,是歌者绝对主体性的客体化对象。于是,小调成为歌者一人的"独白"。

"**正月里来(哟)正月正,李大女娃生得俊,身上穿着大红袄,单等迎春来上工。二月里来(哟)龙抬头,李大女娃上高楼,手把栏杆往下观,观见迎春好风流。**"(《陕北民歌大全·上册·557》)在这段唱词中,歌者隐去了自身的形迹,只是在唱述一个别人的故事,这个别人与他无关,他并不期待也不需要所唱述的对象——李大女娃和迎春能够给予他任何形式的回应,因为他们的角色只是被言说的对象,这一居于客体的角色替他们选择了沉默的立场。"**女娃子今年(是)一十七,想吃(那)酸杏酸果子,有那个心事她不敢说(呀儿哟),偷的背地里鼻(嘞)子儿哭。**"(《陕北民歌大全·上册·664》)同样的例子,我们也看不到有一个预设的听歌者存在,谁听都可以,歌者只是以一个全知全能的主体身份,去给任何一个不知道女娃子心事的陌生人唱述别人的故事。在这里,没有对话,有的只是独白,歌者与所唱述的对象甚至与听歌者都是分居于不同的世界的。

对于小说中的人称,罗钢曾说:"如果叙述者与小说中的人物居于同一世界,那么沿用传统的概念,他就是第一人称叙述者,如果他存在于小说的人物世界之外,他就是传统意义上的第三人称叙述者。"①那么,类比小调词文本,是不是只要出现第一人称,就可以使言说者与被言说者同处一个世界从而改变它独白的状态呢?其实,罗钢语中的世界只是物理空间层面的世界,远非精神世界。有的小调词文本中会出现第一人称,但因为"你"的缺失,同样不能改变独白的姿态,如"**成庆(那就)今年三十(那就)三,我妻儿(就)殁到一个三月三,清早起(呀)拉了两句知(哟)心(的那)话,半前晌价早把她(的个)命(呀)要下(哪咿呀呀哎)。我妻儿(就)撂下小(哩)娃(就)娃,岁数不过(个)三两岁(怎么)甚也(就)解不下,双眼眼(那个)落(啥)泪咋怎么(就)价,老天爷你咋把我(就那)憋(哟)杀下(哪咿呀呀哎)**"(《陕北民歌大全·上册·609》)。乍一看,这个例子与上一个例子似乎有所不同,因为这段唱词中,歌者使用了第一人称"我",也就是说他唱述的不是别人的故事,而是他自己的生活,被讲述的人和事都是同歌者自己息息相关的,其温情程度和令人动容之感亦皆因"我"的出现而大大提升。但是,很不幸,这一切的一切都只是被局限于"我"之视野的他者,被言说的一切都是对"我"而言的。此时,歌者的注意力和话语流不再向外延展,而是向内收缩,任何与"我"相关的人、物、事件统统被摄入了歌者的自我意识之中,受"我"的视野、立场、情感、性格、知识结构、文化背景的过滤,虽然一切都是

---

① 罗钢:《叙事学导论》,云南人民出版社1994年版,第164页。

"我"的生活,但一切都是被"我"所倾诉的,并且"我"并不期待谁的回应,"我"想要的只是哭诉一己之痛。在这里,"我"同样没有对听歌者进行任何预设,因为"我"并不打算进行一场平等的、开放的对话,所以听歌的人可以是任何一个陌生的"他或她"。实际上,那些被言说的人和事同单纯第三人称的唱词中所言说的对象并无本质区别,他们虽然从与歌者毫无关联变得与歌者关系密切,成为发生在他身边的人和事,但是,仍无法走进歌者的主体世界,无力发出自己的声音。这里,主客角色的分野边界清晰,他们都是相对于主体歌者而言的客体对象,我们看到的依旧是一个人拥有话语权力的寂寞的独白。

由此可见,小调词文本中的人称称述实际上多是在上演一幕幕歌者主体的独角戏。无论是隐在的唱述者还是显在的"我",其绝对主体的地位决定了被言说的对象永远没有话语权,同时也就意味着被言说的他者没有被设定为"我"的听者[1]。小调词文本中罕有对话,有的多是单数主体的独白。

---

[1] 在本书中,笔者之所谓"听者",特指与"歌者"具有交互性回应的另一主体。

二、"我与你"和"我与它"①

前面,笔者对信天游词文本和小调词文本中的人称使用状况进行了介绍,下面笔者试图借鉴马丁·布伯的关系理论对前文所述人称的哲学内涵进行简单分析。

"我"看似简单,但在现实世界中,却可以说是蕴意深远甚至意蕴无穷的。"似乎最无歧义,最无差别,但又似乎歧义最多,差别最大。"② 马丁·布伯认为:"没有孑然独存的'我',仅有原初词'我—你'中之'我'以及原初词'我—它'中之'我'。"③ 也就是说,关系是先在的,"我"必定是关系中之"我","没有关系就无所谓'我'(亦无所谓'你'、'他'、'她'、'它')"④,所以,"我"的意

---

① 本书中描述"我—你""我—它"关系的用语俱借自现代德国最著名的宗教哲学家、宗教存在主义的主要代表人物马丁·布伯撰写的宗教哲学名著《我与你》。下文不另注出。马丁·布伯写道:"人执持双重的态度,因之世界于他呈现为双重世界。人言说双重的原初词,因之他必持双重态度。原初词是双字而非单字。其一是'我—你'。其二是'我—它'。在后者中,无须改变原初词本身,便可用'他'和'她'这两者之一来替换'它'。"([德]马丁·布伯:《我与你》,陈维纲译,生活·读书·新知三联书店1986年版,第17页)
② 何光:《"我与你"和"我与它"——读布伯〈我与你〉》,载《读书》1987年第9期。
③ [德]马丁·布伯:《我与你》,陈维纲译,生活·读书·新知三联书店1986年版,第18页。
④ 何光:《"我与你"和"我与它"——读布伯〈我与你〉》,载《读书》1987年第9期。

指取决于"我"所处的关系。这种关系由于"我"所持的不同态度而分为两类:"我—你"的关系与"我—它"的关系。当人栖身于前一种关系中时,他与周围的一切在者——其他人、生灵万物自在相遇,"我"不是一个经验和利用在者的主体,"我"愿意以"我"的全部存在去走近"你"、去称述"你",这是一种没有隔阂、彼此平等、相互信赖的开放的对话关系。而当人委身于后一种关系中时,为了自身生存和需要,他会把一切的在者都变为满足自身利益、需要和欲求的工具和对象,"通过对他们的经验而获致关于他们的知识,再假手知识以使其为我所用"①,使"我"变身为一个绝对的主体,这是一种彼此分离的、认知探究的、经验利用的关系。在"我—你"关系中,主体是复数的,交流也是双向度的。而在"我—它"关系中,"我"与"它"分居主客两端,没有双向度的对话,只有由客体到主体、由物(包括被物化的人)到"我"的单向度的致用。世界由这两重关系而呈现为双重的面目。"世界之呈现为双重,言说也必然是双重的。布伯认为在'我—你'关系中,这种言说是:对……说(speak to);而在'我—它'关系中,这种言说则是'谈及……'(speak about),这种言论的区分是布伯对话哲学的核心之一。正是'对……说'体现了布伯的对话思想,'对

---

① 陈维纲:《马丁·布伯和〈我与你〉——译者前言》,见[德]马丁·布伯:《我与你》,陈维纲译,生活·读书·新知三联书店1986年版,第6页。

……说'是以'你'为开端的,表明人是伙伴,是平等的,在你我之间是有相互回应的,而'谈及……'则以'它'为对象,表明我它之间的对象化关系,它在言谈中化为对象,人只有在把'它'作为对象来感知,看、听、触摸之后,才能谈及这一对象'它'。"①对此,叶秀山有一段极为形象生动的表述:

> 于是,我们在"人"这个问题上已有了一个"远称"的度——"他",又有了一个"近称"的度——"我",但恰恰是那个"中称"的度——"你",是最基础、最为活跃的。"生活"向来走在(哲学)"理论"的前面,任何民族的语言,大概都有"我"、"你"、"他"的区别……"我"和"你"的关系与"我"和"他"的关系不同,"我"和"他"可以是主奴、上下、师生、医生病人……,"他"是一个"对象"或一群"对象",客观地存在于"我"之"外",可以是科研、实验、思考、分析以及管理的"对象"。但"我"和"你"却"亲密"或"直接"得多。"我"不能完全把"你""对象化","客体化"。列维纳根据布伯的说法,把"我"和"你"叫作"面对面"(visa á visa,face to face)关系,我

---

① 孙向晨:《马丁·布伯的"关系本体论"》,载《复旦学报》(社会科学版)1998年第4期。

想叫它为"活"的关系,"活"的关系不能完全彻底地"对象化"、"客体化"。①

具体到信天游和小调的词文本,前文已经介绍过,信天游的歌者在唱述前都预设了"你"作为听歌者,这就使得无论"我"这个人称是否直接出现在文本中,一旦诵出了"你",对话的场域就已被构建,"事物、对象皆不复存在"②,"我"是无法把"你"客体化、对象化的,因为"我们"之间是一种亲密的、直接的、活的"我—你"的关系。这种关系里的主体是复数的。"我们"自由相遇、对诉,用彼此的整个身心去回应对方的全部存在,而后,在同悲同喜的爱恋与交融中,成为彼此存在的一部分,领悟到生命存在的另一维度。只有在这种关系的领域里,才会"**鸡蛋壳壳点灯半哟半炕明,烧酒盅盅淘米(哟)也不嫌你穷**"(《陕北民歌大全·上册·153》),才会"**你手手捉(那)住我手梢梢,真魂跟上(一个)你走了**"(《露水地里穿红鞋——信天游曲集·39》),"我"与"你"不拘于经验的羁绊,没有任何目的和意图的中介,我们平等、自由地相恋。小调中的人称则更多地体现为一种"我—它"

---

① 叶秀山:《"现象学"和"人文科学"——"人"在斗争中》,载《中国社会科学院研究生院学报》1992年第2期。
② [德]马丁·布伯:《我与你》,陈维纲译,生活·读书·新知三联书店,1986年版,第19页。

的关系,无论歌者是在唱述陌生的他者,还是在倾诉自己的故事,他都是绝对的主体,被言说的对象没有被摆在听者的位置上,他们之间少有双向度的交流和沟通,更多的只是主体与客体之间的对立,"也就是说,'我'对'它'的活动是及物动词的活动,'它'对'我'没有'回应','它'完全是被动的"①。如果说信天游的世界是一个属人的世界,那么,小调的世界大致可以看作一个属物的世界,"**青线线那个蓝线线蓝格英英彩,生下一个蓝花花,实在爱死人。五谷子那个田苗子数上高粱高,一十二三省哟,数上蓝花好**"(《陕甘宁老根据地民歌选·250》)。在歌者拥有绝对话语权的言说与蓝花花恒久的沉默里,主体通过经验和认识被言说对象,使自己的言说欲得到了满足。

第二节 生活世界的共同创造与平面相遇

一、共同创造

在信天游词文本中,笔者发现,歌者与听者之间的身份经常暗转。前文已经分析过,信天游的词文本里歌者常常会预设一个

---

① 张世英:《人生与世界的两重性——布伯〈我与你〉一书的启发》,载《中国人民大学学报》2002 年第 3 期。

"你"作为听者,而以情爱、婚恋为主的题材决定了歌者与听者之间常常是互相爱慕的青年男女,正在热恋的情哥哥与情妹妹,或是久别苦守的妻子和丈夫等等一男一女的角色。所以,同一"首"信天游中往往上一节还是女子唱,下一节已经转为男子唱,且小节与小节之间没有任何标志性的过渡,也没有任何明显的提示语,旁人完全要依据上下文语境内容或是小节之中称谓的变化才能判断某一节中歌者的性别。可以说,是男子和女子共同创造了歌唱心声的信天游和容纳于其内的整个生活世界。以下,笔者将通过具体的例子,对这一点进行分析。

> 你和人家不和(上)我,良心(那)背①在后眼窝②。
> 你说哥哥不亲(上)你,口嚼冰糖喂过谁。
> 不来你就说不来的话,闪得叫妹妹把门留下。
> 白天看妹妹营生忙,黑夜里看妹妹碰上个狼。
> 走不想走来站不能站,为朋友为下个心不安。
>
> (《陕北民歌大全·上册·129》)

我们可以从上下文语境中大致看出,这"首"信天游是一男

---

① 方言,意为离开、违背。
② 方言,意为后脑勺。

一女的对答。信天游是陕北的千沟万壑间漫唱的山歌,本身没有什么固定的对答程式,如果不是"哥哥""妹妹"的称谓,没有任何标志性的语词提示我们下面歌者和听者之间要角色互转了,它完全只是一种任意性的对答。单看这"首"信天游的唱词内容,家长里短、嗔痴怨怒,所唱述的都是生活中的小儿女情事,你会觉得这种两人之间的对答就像是一对再普通不过的农村情侣在最平常的日子里磕磕绊绊的细言碎语。男子与女子、歌者与听者之间也无须恪守固定的小节数,如果以"呼"和"应"来指称二人之间的对话,那么,一"首"信天游既可以一呼一应、数呼数应,也可以一呼数应,或者数呼一应,这期间全凭歌者与听者的自由意志,可以说是"全无定法"。信天游是两个人共同创造的艺术形式,在这种包含生活世界的艺术形式里,歌者所唱述的每一节在内容上都给对话场域中的对方即听者留下了回应的空间,之所以如此,即因本章上一节中所述,它不是独白,而是对话,这是建立在"我—你"关系之上的共同创造。以这"首"信天游为例,开始姑娘怨小伙子"**你和人家不和(上)我,良心(那)背在后眼窝**"。听者自然要辩解,引出表白"**你说哥哥不亲(上)你,口嚼冰糖喂过谁**"。既如此,姑娘为什么埋怨呢?"**不来你就说不来的话,闪得叫妹妹把门留下。**"原来是姑娘留着门却空等了意中人。这是怎么回事呢?小伙子下面解释道"**白天看妹妹营生忙,黑夜里看妹**

妹碰上个狼"。最后小伙子委屈地抱怨"**走不想走来站不能站，为朋友为下个心不安**"。据此，男女二人在唱词中所承担的小节根据内容可以做如下分配：

女唱：你和人家不和（上）我，良心（那）背在后眼窝。

男唱：你说哥哥不亲（上）你，口噙冰糖喂过谁。

女唱：不来你就说不来的话，闪得叫妹妹把门留下。

男唱：白天看妹妹营生忙，黑夜里看妹妹碰上个狼。

男唱：走不想走来站不能站，为朋友为下个心不安。

(《陕北民歌大全·上册·129》)

又如：

羊肚肚手巾留穗穗，你是哥哥儿①心锤锤②。

隔沟照见妹子儿好，不知道妹妹脚大小。

也不大来也不小，二寸鞋面带沿条。

(《陕北民歌大全·上册·148》)

---

① 此处上标字体为原选本所注，意为儿化音。下同，不再另行注出。
② 心锤锤，心爱的。此为原选本注。

在这"首"信天游唱词中,第一节歌者表明爱慕之心,由称谓知是小伙子唱,姑娘听。第二节由问句中的称述词可知依旧是小伙子在唱,但问句的存在本身就要求听者以答来呼应,遂引出了姑娘的回答。于是,男女共同创造了这"首"唱述情爱生活的信天游,唱词分配如下:

> 男唱:羊肚肚手巾留穗穗,你是哥哥儿心锤锤。
> 男唱:隔沟照见妹子儿好,不知道妹妹脚大小。
> 女唱:也不大来也不小,二寸鞋面带沿条。
>
> (《陕北民歌大全·上册·148》)

这里需要特别说明的是,信天游词文本中的唱词小节之间语意上多呈弱关联或无关联的状态,笔者对这两个例子的分析只是为了凸显这种对唱形式,而就唱词本身而言,其小节间语意承接实际上并不是十分紧密,时有凭空突兀之感。这一点笔者在本书的第三章第一节中还将辟出专门的篇幅予以讨论,此处先略过不谈。

在本书使用的资料中,有的信天游词文本是由男子或女子独唱的,歌者看似并无转换,如"**你妈妈打你不成材,露水水地里穿红鞋**"(《陕甘宁老根据地民歌选·213》)。这"首"信天游只有这一节两句话。对此,笔者曾请教过一位当地的民歌人,他说:"写在本本上的是个甚?那都是人家来问的时候现唱的,这歌儿想咋介(即怎么)唱就咋介唱,又不一定是原来唱的来着,那阵儿唱起又不晓得这还有人要记了(即最初唱时并不知道后来会有人来采录),那就是咱那达儿(即那里)农村沟多,沟两面(即沟的两侧,隔沟之意)拉个话话容易见面面难,咋就(即于是就)唱么,唱地拉了(即以唱歌的方式拉话)。"①从他的回答中,我们大致可以捕捉到以下两层意思:一是关于信天游的采录。笔者无从得知本书所使用的资料是经由何种方式被采录的,但这位民歌人所言无疑是可能的方式之一。信天游是一种"想咋介唱就咋介唱"的民歌②,如果录于文本之上的一些信天游不是在它天然诞生之际被记录下来,而是后来由专人专门找寻歌者现场唱述记录,那么,可以说,它已经脱离了其生成语境,这极有可能遮蔽了它生成之初对唱的形式。当然,这只是一种"可能",但本书所用的资料一定程度上可以证实这一"可能"。我们回到本段开始笔者所列举的例子,在杨璀选编的曲集中有这样一"首"信天游:"**你妈妈打你**

---

① 2009年5月2日上午,笔者在北京华信医院偶遇一位陕北延安子长县的民歌人李春宝(男,年龄不详),遂以聊天的方式就个别问题做了短暂的交谈。这段文字是据笔者的录音整理,括号内为笔者的补注文字。因事出仓促,非专门的田野调查,故未及准备,录音不全,无完整成文的调查报告。
② 笔者在第三章第一节中将就此做专门的分析,此处先略过不谈。

你跟哥哥说,为什么要把洋烟喝。我妈妈打我无处说,因此上才把洋烟喝。你妈妈打你不成材,露水地里穿红鞋。我穿红鞋我好看,与你赶脚的啥相干。你穿红鞋堎畔上站,把我们年青人心扰乱。"（《露水地里穿红鞋——信天游曲集·174》）在何其芳、张松如编辑的《陕北民歌选》中也有类似的"完整版"唱词①。对照不同的选本,笔者做了如下推测:也许是不同的辑录人、受访人,不同的采录方式,使得这"首"信天游在一定程度上遗失了本来对唱的面目。当然,这只是一种对经验操作层面的推测,是否能够成立和推广还需要大量的田野调查来验证,此处姑且存而不论。二是关于信天游的先天对话关系。信天游产生在千沟万壑的黄土高原,那里特殊的地貌使人们隔沟聊天可以,想见面却要费很大的周折,于是,当人们内心有交流和对话的精神意愿时(注意:并非地域决定论,而是对话意志居先),"唱"就成了可能的方式之一。也就是说,信天游先天就拥有一种渴望回应的对话的姿态。换言之,即使笔者前面的推测不成立,的确存在现象界操作层面上独唱的信天游,哪怕它只有两句,但是,它依旧有一种先在的"我—你"关系,这种关系在经验之先,是一种"之间"的关系,这个"之间"不会栖身于"我",也不会栖息于主体的内在性或是被"我"对

---

① 中国民间文艺研究会主编,何其芳、张松如编辑:《陕北民歌选》,新文艺出版社1952年版,第88—89页。

象化的客体性之中,它只会出现在"我"与"你"共同分享的境遇中。从这个角度上说,这样的信天游仍然是一种"我与你"共同的创造,甚至笔者认为,它的"共同创造"本质就是体现在这种先天的层面,而非经验的层面。

而小调则不同,上一节中笔者已经分析过,小调中歌者一般不会对听歌者进行任何预设,歌者与所唱述的对象之间也是一种主客体间的"我—它"关系,多有单向度的独白而缺乏双向度的对话,所以,小调的歌者基本稳定,很少转换。从内容也可以看出,一首小调一般来说都是歌者给陌生人唱述一个自己或别人的故事,他不会给听歌者留下互动回应的空间,如"**女孩子一十八,有了婆婆家,身长了个端铮铮(呀),高低四尺八(呀),四尺八。正月里定过亲,二月盘了个头**①**,三月里来婆婆家(呀),抬轿娶过奴(噢),娶过奴**"(《陕北民歌大全·上册·656》)。歌者唱述了一件女娃出嫁的事,听歌的人知道了这件事,歌者结束了唱述,听的人亦无须做任何回应,在来而无往的独白里,歌者一个人完成了这首小调。

但是,也有小部分的小调会出现不同的声音与歌者形成应答,可仔细分析就会发现,这种声音更多的是一种角色的声音;而

---

① 盘头,又叫上头,姑娘出嫁时,把头发拢上去,结成发髻,叫盘头。此为原选本注。

非真正的关系中的对话。例如,《小寡妇上坟》:"青天蓝天老蓝天,杀人老天不睁眼,杀了旁人我不管,杀了我小小的丈夫难上难。推①上石二饸饹一顿糕,泡上八斗蒸糕米。一顿饸饹一顿糕,**见得旁人见得过天**②……沟里下来赶驴汉,赶的毛驴驮的炭,赶驴汉呀驮你的炭,要看老娘难上难……他二嫂子不要哭,哭坏了身子使不得,你们那**迩今**③还小啦,但走在哪里也是活。他二大婶子你坐下,抱上虎儿再拉谈,我男人死了你不急,我二叔死了你试达。三月里来是清明,清明寒食上新坟,丈夫坟里哭几声,可怜我丈夫没活人。"(《陕北民歌大全·上册·611》)不难发现,在这段小调词文本中,出现了歌者以外的角色声音,即加点处的唱词,但是,笔者认为,这并不能称之为歌者与听者转换的共同创造,因为他们之间根本不是交互的歌者与听者的关系④。这首小调的词文本单在《陕北民歌大全·上册》中就有大同小异的十个异文(《陕北民歌大全·上册·610—619》),所标注的唱述人有的是佚名(《陕北民歌大全·上册·610、614》),有的是一个人(《陕北民歌大全·上册·612、613、615、616、617、618、619》),有

---

① 推,即磨。此为原选本注。
② 见得旁人见得过天:此处指丧事办得很周全,在乡亲面前不丢脸。此为原选本注。
③ 迩今(或迩刻),方言,即现在。此为原选本注。
④ 笔者曾对"听者"一词在本书中的含义进行了限定,参第47页注释①。

的是两个人（《陕北民歌大全·上册·612、613、615、616、617、618、619》）。所以，这不同角色的声音有两种可能：一是歌者确实有两个人，一是同一歌者扮演了不同的角色。如果是前者，这种情况又有两种可能：一是歌者是在唱述自己的故事。那么从笔者所举例子的上下文看，歌者就是小寡妇和她的二大婶子。就表面的形式而言，双方似乎是在进行相互的交流，但实际上，对话的双方根本就没有想到在相互的开放性中去了解对方，姑且不论劝慰者是否怀有发自本心的悲悯，单就小寡妇"**我男人死了你不急，我二叔死了你试达**"等语而言，已经是以封闭的姿态阻绝了双向度对话的可能性，劝慰者并不能真正走入小寡妇的心灵世界。这其中没有一种"我—你"的关系，与其说她们在对话，不如说她们都在言说自己。再如，小寡妇在唱词中对赶驴汉也称述"你"，但她并非全身心地期待他的回应，只是一种悲痛之极的呵斥而已，虽然称"你"，其实却是"它"。"我"与"它"之间并没有进入"关系"的领域，即没有"相互性"。二是歌者是以第一人称唱述别人的故事。如果是这种情况，就与"同一歌者扮演不同角色"没有本质区别，不同的声音只是增强了表演意味的角色分饰而已，这样的应答不过是在采用对话的形式迂回曲折表达自己，一切都只是装扮成对话的独白或者说是虚假的对话。无论哪种情况，都不同于信天游"我—你"关系之下的共同创造。诚如马丁·布伯所言:"关系是相互的。切不可因漠视此点而使关系之意义的力量亏蚀消损。"①

本章上一节探讨了不同的人称称述所隐含的不同关系,揭示了信天游词文本背后关于主体间性的哲学隐喻。在这一部分中,本书通过信天游与小调的歌者转换与否的比较,展现了信天游中复数主体之间在操作层面上的对话关系。这种对话使得信天游成为一种男女共同创造的、蕴含着生活世界的艺术形式。诚然,信天游中有男子或女子独唱到底的曲词,小调中也不乏来自不同声音的对答,但是,"生活于对话之中的存在者,即使处于极端排斥他物的状态之中,也能接受到一种严格而强烈意义的交互性;生活于独白中的存在者即使在最亲密状态中也不会越过自我的雷池一步"②。决定他们是否能成为"我与你"的共同创造的,不是语词的表面,而是先天之根,"我与你"的基本关系先于任何经验层面的言谈形式。

二、平面的相遇

笔者笔下的"平面"一词借自吕蒂所提出的"民间童话体裁

---

① [德]马丁·布伯:《我与你》,陈维纲译,生活·读书·新知三联书店1986年版,第23页。
② [德]马丁·布伯:《人与人》,张健、韦海英译,作家出版社1992年版,第32页。

理论"。该理论认为,民间童话缺少一种日常世界与超自然世界的隔绝感,它的人物是不具身体性、不具内在世界、不具周围环境的人物;它们缺乏同过去和未来时间的关系。从其本质和各方面来说,民间童话都缺乏深度,呈现出一种平面性。这是民间童话的重要体裁特征之一。[①] 在本书中,笔者使用这一概念时将其原有的内涵进行收缩,主要是指信天游与小调的人物和行为背景,具体而言由两方面构成,即空间和时间:前者体现为词文本中的地域概念,后者则体现为素材之间的时序关联。从结论而言,在信天游词文本中,"我"与"你"及相关的一切似乎都脱离了时空的框架,直接相遇,成为一种不同于小调词文本的平面的呈现。

1. 空间:地域概念

在小调词文本中,经常出现具体的表示地域方位的词语。被唱述的人物通常会有特定的生活地域,他们一般会是具体的州、府、县人士,并且这些地名都是真实存在的,如子长县、银川府等。在他们出场伊始,其家乡来历就会被唱述一番,作为地域上的交代:"**家住在山西中(呀么)中阳县,离城十里有一村,出了个好女人(呀呼嗨)。说她好来生(呀么)生得俊,浑身上下一身新,她是个文明人(呀呼嗨)。**"(《陕北民歌大全·上册·706》)如果下面

[①] Max Lüthi, "Introduction," in Max Lüthi, *The European Folktale: form and nature*, translated and edited by John D. Niles, Indiana University Press, 1986, p.11.

的行为不是发生在他们的家乡,歌者也会对行为的发生地重新进行交代:"赶天亮走了五十里地,还说我男人没走远。中途歇店缓一缓,擦着洋火吃上一袋烟。一袋烟还没吃完,灯笼鬼魂面前转。慌忙进了店家门,店主问我想吃个啥……庆阳府来乐平县,四十里铺开个高花店。"(《陕北民歌大全·上册·647》)总之,人物和发生的行为一般都有确切的地域范围。

但仅从本书使用资料看,这种较为严格区分的州县地域概念,很少体现在信天游词文本中。通常情况下,如果信天游中出现了表示地域的词,也大多是比较泛指的地点,如"对面湾里""对面山上""硷畔上""大门口""对面价沟里""三十里路上"等等,甚至即便是这样泛指的地点性词语,在信天游中都不是很多见。尽管极少部分资料中存在具体的地名,但这些地名并不是为人物出场或者行为发生提供一个背景,如"榆林(的)城里肉不香,倒不如(外)敖桃地①的熬米汤……割一把糜子(么)展一展腰,你把(那)哥哥(么)实忘了"(《陕北民歌大全·上册·434》),仅仅是唱述中的对话涉及一个地方,不得不提而已。人物和行为的背后,只是一片空旷。

2. 时间

在小调词文本中,经常出现表示时间的词,并且由于倾向叙

---

① 敖桃地,内蒙古一地名。此为原选本注。

事,歌者往往把素材嵌置于前后相续的时间流中。人物常有相对周全的家族谱系:"**员外姓黄(咿呀嗨嗨)名秋贵(呀嗨嗨),娶妻名叫刘(么)刘翠英(太哟平年咿呀嗨嗨)。先生一女(咿呀嗨嗨)叫兰香(呀嗨嗨),只生一子叫(么)叫保童(太哟平年咿呀嗨嗨)……雇下外人(咿呀嗨嗨)难行动(呀嗨嗨),今年又雇亲外甥(太哟平年咿呀嗨嗨)**。"(《陕北民歌大全·上册·555》)行为的发生一般有一定的时间标志(哪怕只是一种诸如"年初一……年初二……"等象征、点染性的标志),行为的继续也有节奏、有承接、有渐进的过程,显示出比较明确的时间意识:"**腊月里梅花开,婆婆家引奴来。小女娃打扮起,坐在轿里抬。婆婆家路不远,轿夫抬得快,不多时一阵阵,到了个大门外……一更子月儿亮,新人上了炕……二更子月儿高,新人起来叫……**"(《陕北民歌大全·上册·655》)

相比之下,在信天游词文本中,歌者是不大在意具体时间的,更是少见这种前后连续的时间脉络。人物大多是"哥哥""妹妹""我""你"等等能见出彼此都在场的称谓,家庭关系最多是"你妈妈""我婆婆""我狠心的公公""我的小丈夫""你老婆""我老汉"等,也基本上是围绕"我"和"你"定位,没有详细的谱系介绍。行为的发生一般不会特别交代时间,如"**园子的葫芦旱地里(的个)瓜,因为上(那个)哥哥挨过(那个)打**"(《陕北民歌大全·上册·368》)。更少有表示行为发展渐进过程的时间词或提示语,比如等人,只会简单地交代他回来了或者没回来,不会有等待中时间的流逝感:"墕畔上照来埝畔上等,不见我那哥哥泪汪心。鸡娃子叫来狗娃子咬,我的(那)哥哥(他)回来了。"(《陕北民歌大全·上册·262》)即使个别的信天游词文本中出现了表示时间的词,也与笔者在空间部分提到的情况相同,那只是言语涉及,不得不提,是很空泛的。换句话说,歌者是为了"说事儿",而不是为给人物和行为提供背景,如"**牵牛牛开花羊跑青,二月见罢到如今。灶火不利是烟筒的过,三哥哥不来是人挑祸**①"(何其芳、张松如编辑《陕北民歌选》第111—112页)。在这个例子中,与其说时间词"二月""如今"是为了将人物和行为限定在时间的框架之内,毋宁说它们只是充当了歌者抒情的工具,极言分别之久而已。总体来说,我们在信天游中似乎难以感觉到连续不断的时间性,就好像那是一个没有时间流动的世界,永远都处在可以直接对话的当下(这里的"当下"不含有时空的意味),任何关于时间背景的提示语在那里都是多余的。

从上述分析中,我们不难发现,信天游的歌者似乎完全不拘限于时空的框架,好像歌者所唱述的一切全然不是时空中之一物,所有的人物、行为都构成一种活泼泼的当下的面对面的呈现。之所以如此,皆是因为信天游是一种"我—你"之间的对话。在

---

① 挑祸,挑拨是非的意思,还有搅坏了、破坏了关系等意。此为原选本注。

这种对话关系里,一切有待的限制都被打破,无论你的地位是高贵还是"**当了当兵的活活受罪**"(鲁迅艺术文学院编《陕北民歌选》第48页),无论你的家境是富裕还是穷得"**鸡蛋壳壳点灯半哟半炕明**"(鲁迅艺术文学院编《陕北民歌选》第16页),无论你的境遇是顺达还是"**苦蔓蔓结的苦蛋蛋**"①(鲁迅艺术文学院编《陕北民歌选》第43页),这一切的一切都只是拘于时间和空间框架内偶然的角色,是命运的任意捉弄,既非绝对必然,也非不可改变,角色仅仅是"是",但"我"与"你"却是"在",大写的"人"的"在"。诚如户晓辉所言:"人和(人)民首先站出来(Hin—aus—stehen)存在,然后才能够获得我们为他们指定的各种角色性的身份——农民、工人、下层阶级等等。这些角色性的存在方式对于人和(人)民来说并非必然的,而是偶然的身份或属性,它们可以改变或者被剥夺,比如,一个人可以'朝为田舍郎,暮登天子堂',一个贫民可以通过所谓的发家致富变成企业家或商人,下层阶级可以通过奋斗进入上层阶级,等等。但人的本然的存在不能被剥夺或替代,每个人的存在都是唯一者,都有其自身不可让渡的绝对价值和意义,都有其可能和自由的维度。"②只有在这个

---

① 蛋蛋,即果实,亦为娃娃的昵称,这里有双关意。此为原选本注。
② 户晓辉:《纯粹民间文学关键词引论》,载《文学评论》2009年第2期。

层面,才能实现自由的对话。信天游具有现时性①的称谓和时空意识的淡漠,正是"我"与"你"褪去角色、超越时空相遇、对话的体现。尽管具体的哥哥、妹妹,歌者、听者是"有限有待的相对物",但是"我"和"你"却是"超越这由冷酷无情的因果性所宰制的宇宙的绝对在者"。②"此时此刻,'你'即是统摄万有的世界……'我'因'你'的每一痛苦,每一欢乐而战栗,'我'的整个存在都沉浸在'你'的绚烂光华中。"③这里,是脱离时空框架、人之存在为人的世界。

而在小调中,歌者单数主体的地位决定了被言说者对他而言

---

① 马丁·布伯认为:"现时并非指我们观念中眼下呈现的'已逝'时间的终点、时光流程里凝固的一瞬,它是真实活泼、沛然充溢的先在。仅在当下、相遇、关系出现之际,现时方才存在;仅当'你'成为当下时,现时方会显现。"参看[德]马丁·布伯:《我与你》,陈维纲译,生活·读书·新知三联书店1986年版,第28页。孙向晨对此解读道:"'现时'是属于'我—你'关系的,它不是一掠而过的时辰,而是常驻于你我关系之中,因为现时也即呈现(present),是存在本真的,原初的,纯粹的呈现。"参看孙向晨:《马丁·布伯的"关系本体论"》,载《复旦大学学报》(社会科学版)1998年第4期。此处笔者的"现时"即就上述意义而言,它不是一种时间意义上的现在,而是超时空意味的当下。
② 陈维纲:《马丁·布伯和〈我与你〉——译者前言》,见[德]马丁·布伯:《我与你》,陈维纲译,生活·读书·新知三联书店1986年版,第8页。着重号原有。
③ 陈维纲:《马丁·布伯和〈我与你〉——译者前言》,见[德]马丁·布伯:《我与你》,陈维纲译,生活·读书·新知三联书店1986年版,第8—9页。

是可以客体化和对象化的"它"。"'它'之世界龟缩于时空网络。"①既然要言说"它",歌者就必须有鲜明的时空意识,将"它"置于时空网络,使"它"进入因果链条,将其物化加以把握。如若不然,便无从认识客体对象之间的联系,也无从知晓他们在时空中的位次,没有了时间空间和前因后果,主体如何言说他们?在这里,很少有现时和当下,更多的只是过去,"它"既已被客体化,那么关于"它"的一切便都凝固在逝去的时间之中,"对象滞留于已逝时光"②,它被中断、静止、僵化、闭合在过去里,仅是在知识中得以显现,而非沛然的活泼的存在。由于主体羁绊于时间和空间的网络以及因果性的限制,一切在者只是角色,而不是真正的自由存在。

在这一章中,笔者首先梳理了信天游词文本和小调词文本中的不同人称称述,进而分析了它们背后所隐含的对话、独白关系;随后,笔者以此为基础,分析了信天游词文本中歌者与听者身份互换的现象,指出信天游是一种"我与你"共同创造的艺术形式,进一步印证了它的先天对话关系,并通过文本中模糊的时空意识开显了其自由的维度。

---

① [德]马丁·布伯:《我与你》,陈维纲译,生活·读书·新知三联书店 1986 年版,第 50 页。
② [德]马丁·布伯:《我与你》,陈维纲译,生活·读书·新知三联书店 1986 年版,第 28 页。

第三章 文体现象(二)
——非叙事性

王克文在《陕北民歌艺术初探》一书中曾对信天游和小调进行了简要的比较,认为其区别主要在体裁形式方面:"信天游两句一段,段与段之间可分可合,也可独为一首,算是一种'散曲'。而小调则基本上算是已经定了型的、'成章'的民歌,每首独立存在,不可含混。"① 姚灿也曾在《〈王贵与李香香〉中"信天游"的成功运用》一文里间接地表述了信天游词文本的体裁特征,他认为《王贵与李香香》突破了信天游的局限,"借用了'信天游'的形式,却又有发展和创新。它突破了'信天游'两句一节,每节意思相对独立的限制,往往用好几个诗节来表达一个意思,或描画一

---

① 王克文:《陕北民歌艺术初探》,中国民间文艺出版社 1986 年版,第 233 页。

幅场景"。① 笔者认为,姚文中所言的局限恰是对传统信天游词文本部分体裁特征的概括。在这里,笔者对上述诸言进行归纳和扩充,从中引导出一种信天游词文本的文体现象——非叙事性。

所谓非叙事性,是指信天游词文本的小节在内容上大多独立、零散,经常无因果、顺承的关联,在形式上以小节为单位,不能承担叙事的功能。这主要表现在两个方面:首先是小节间关联的任意性,其次是表现手法中叙事性重复的缺失。下面,本章将从这两个方面对这一文体现象进行论述。

第一节 关联的任意性

小调有两句一节的,如《陕北民歌大全·上册·552》;有四句一节的,如《陕北民歌大全·上册·556》;也有五句一节的,如《陕北民歌大全·上册·653》。一节内的字数虽然没有严格的限制,但是节与节之间大致整齐。小节之间一般内容上会有密切

---

① 姚灿:《〈王贵与李香香〉中"信天游"的成功运用》,载《天中学刊》1995年第4期。笔者并不认同姚文中的"限制"之说,信天游是自由的,这种所谓的"限制"恰是因为它本质上的"无限制"。此外,笔者认为作为文人创作的《王贵与李香香》,即使它借用了信天游的部分形式,也不是本书意义上的信天游。

的关联,有背景、有情节、有人物,甚至还有大量的细节描写,结构也较完整,具有叙事性。

信天游则是两句为一节,虽多见五言、七言,却也不限于五言、七言,只要合乎曲调、流畅上口就可以。上下句字数也不要求统一,大都是长短不一的,有的信天游一节之中上句达十余字,可下句却只有七八个字:"**我是你的个丈夫你是我的妻,咱二人(那个)相好一(了)辈辈。**"(《陕北民歌大全·上册·300》)即使是同一曲调,小节之间的字数也常常差别很大:"**三行鼻子两行泪,你哭得哥哥没主意。再不要想哥哥大门上站,灰小子**[①]**过来把你看。**"(《陕北民歌大全·上册·437》)所以,在字数这一点上,信天游可以说是基本没有什么限制,比较灵活的。就内容而言,信天游的小节之间经常缺少因果、顺承的关联,彼此独立、闭合、自成一体,呈现出一种关联的任意性,难以承担叙事的功能。这种关联的任意性主要表现在以下三个方面。

一、小节之间的弱关联或无关联

在何其芳、张松如编辑的《陕北民歌选·凡例》中有这样一

[①] 灰,在陕北是贬义词,作坏、晦气、倒霉用。此处指又懒又流气没出息的年轻人。此为原选本注。

段话:"第三辑'信天游',共二百九十三首,内分三类:(一)农民情歌二百三十三首;(二)不满旧式婚姻者三十五首;(三)杂类……特别应当说明的,'信天游'除前述第三辑第二类之外①,其它绝大多数原来都是各自独立,没有连续性的;我们为了阅读方便,大致按内容加以分类和排列。又,有些民歌中的衬字衬语,凡夹在句中,读起来不方便者,在正文中都从略。"②该选本是以鲁迅艺术文学院所编《陕北民歌选》为底本,采用的编排体例也与之完全相同。具体到信天游而言,均是先收录歌词,由编者依据词文本的内容对其进行分类,最后附录了二十多个曲调③。在该选本附录曲调的结尾,编者有这样一段说明:"因为歌词是根据各地材料混合编辑,因之每个曲调也很难说是固定在那几段歌词后面"④。也就是说,这两个选本都完全打破了原来采录时歌

---

① 因为编者对词文本内容序列的重新调整,笔者无从得知歌曲采录时的原貌,仅依选本现状。笔者认为,第三辑第二类"不满旧式婚姻者三十五首"并不能作为"各自独立,没有连续性"的例外。虽然它们所唱述的内容总体上大致可以归入不满旧式婚姻一类,但是具体到每一小节,仍然满足笔者概括的信天游的所有体裁特征。
② 中国民间文艺研究会主编,何其芳、张松如编辑:《陕北民歌选》,新文艺出版社1952年版,第2页。
③ 何其芳、张松如编辑的《陕北民歌选》中附录曲调24个,鲁迅艺术文学院所编的《陕北民歌选》中附录曲调22个。
④ 中国民间文艺研究会主编,何其芳、张松如编辑:《陕北民歌选》,新文艺出版社1952年版,第275页。

曲的原貌，从选录的词文本中，我们看不出哪里是一"首"信天游的自然起止，词的先后顺序只是编者后来依据内容所进行的重新排列，很可能原本同一"首"信天游中的不同小节在选本里是被打乱，穿插排列在不同部分的。之所以会出现这样的情况，就是因为信天游词文本的小节与小节之间并无密切的关联，呈现出一种无关联或者弱关联的状态，一如编者所言，是"各自独立，没有连续性的"，所以，节与节之间既可以分，也可以合。

《陕北民歌大全》《露水地里穿红鞋——信天游曲集》和《陕甘宁老根据地民歌选》的编纂体例与上述两本《陕北民歌选》有所不同，它们是以"首"为单位的。编者没有打乱民歌每次采录时的自然单元。所谓自然单元，是指根据歌者唱述之时的起止所形成的词、曲文本长度。编者依自然单元将采录到的每"首"民歌词、曲一并记录下来，单独列出。所以，某种意义上说，这几个选本更贴近民歌的自然唱述状态，从中更容易看出信天游小节之间的分合自由。下面，笔者将从中取例进行论述。

这种小节间的分合自由在信天游的自然单元中体现为以下两点：

1. 内容无关联或者弱关联

许多信天游词文本在小节内容上表现出一种弱关联或者索性无关联的状态，如"**百灵子雀儿满天（的那）飞，你才是（那个）**

哥哥的勾命（的那达）鬼。渴了吃的香水（的那）梨，要吃（了那个）酸的是果丹（那达）皮。园子的韭菜叶子（的那）宽，想起我（的那）哥哥不耐（那达）烦。园子的葫芦旱地里（的个）瓜，因为上（那个）哥哥挨过（那个）打"（《陕北民歌大全·上册·368》）。这是一"首"完整的信天游，我们试对其内容进行分析。第一节是小伙子对姑娘热辣辣的表白，直言姑娘对他勾魂摄魄的吸引力。可是到了第二节，所唱述的"香水梨""果丹皮"却好像和上一节全无关联，既看不出是男唱还是女唱，也不知道歌者想要表达的是什么意思。第三节和第四节是姑娘的唱述，大意是因为小伙子挨过打，所以现在心里有些不耐烦。这与小伙子在第一节中的表白表面上好像有些搭不上界，我们能隐约觉出他们之间发生了一些事情，但具体是什么，却无从得知，因为这是他们之间的对话，他们之间是熟悉的，既然不是唱给陌生人听的，也就无须解释。可是，单就内容而言，如果说第一节和第三、第四节还有些许弱关联的话，那么第二节与前后三节之间可以说是全无关联了。整体没有一种内在的因果顺承关系，小节之间即使颠倒次序，或者缺省哪节都无关紧要。

再如，"寻得一个男人人又凶，他把我从娘家里断[①]起身。想

[①] 断，方言，赶、撵的意思。

给我的朋友你吃上一顿饭,前怕我的婆婆(哟)后怕我的汉。挽起一把黄蒿带起一条根,忽啦啦地走在宁夏城。宁夏(的个)地来(呀)水浇田,什么人留下(哟)种洋烟。洋烟(的个)开花开败啦,这回(你的)娘家坐坏啦"(《陕北民歌大全·上册·367》)。这也是一"首"完整的信天游。第一节歌者唱述自己的丈夫脾气暴躁,她回娘家省亲却被催了回来。第二节对"你"说有心留饭款待却怕婆婆和丈夫训斥。这两节虽然所述的事情勾连不紧,但在因果上因为丈夫的"人又凶",可以说还是有弱关联的。第三节内容突然出现大的跳跃,转到了走宁夏城。第四节更是跳到了毫无关系的"水浇田"和"种洋烟"。三、四两节除了"宁夏城"这个地名,可以说没有任何内容上的关联。不但这两节之间如此,它们和前面的两节也没有任何有机的联系。到第五节,提到的"娘家"总算和第一节有点照应之感,但是回顾第二、三、四节,又让人觉得是凭空而来之语,有些莫名之感。

当然,上述两个例子是较为典型的,也有一些信天游词文本小节之间的内容衔接较为紧密,但是总体来说,信天游是以小节为单位的,这种关联与否完全是自由的,并且在绝大多数的时候,它呈现出来的都是一种弱关联或无关联的状态。王克文曾说:"拿七言四句的民歌形式来说,与信天游形式相比,它显然不够灵活,但它的容量却比信天游大一些,起承转合,层次容易分明;

在描述上能拉得开,铺得展,容易造成曲折。与之相比,信天游形式就显得有些单薄、零散了,连简单的起承转合也负担不了,或叙事,或抒情,容易给人一种直来直去的感觉。"[1]事实上,信天游的小节之间内容多零散、自由,具有极大的任意性,是一种直突突地抒怀,不但难以负担起承转合,就连叙事也是承担不了的。

2. 一节多搭,任意组合

许多时候,不同"首"的信天游词文本常常会出现某一小节或者几小节内容大致或完全相同的情况,也就是说,同一节内容可能在完全不同的歌中出现,呈现出一种"一节多搭,任意组合"的状态。

例1:"青杨柳树(噢)柳栽(就)栽,拿不起狠心(哟)咋来(哎)来。赶上车车(噢)垴畔上过,干妹子在家不留(哎)我。不刮风来(噢)不下(就)雨,你叫干妹子咋留你。二荏荏糜子(噢)碎梢(个)梢,心事(呀)好来(哟)咱慢慢交。"(《陕北民歌大全·上册·387》)

例2:"唱曲再不要拉(嘞)哭声,难你(呀)不要难(嘞)旁人。二荏荏糜子(哟)碎(嘞)梢梢,心事(那个)好来咱慢(嘞)慢交。"(《陕北民歌大全·上册·392》)

---

[1] 王克文:《陕北民歌艺术初探》,中国民间文艺出版社1986年版,第202页。

例3:"唱曲再不要打哨(呀)哨,你的那心事(呀)我知道。**唱曲再不要拉哭(呀)声,难你(呀)不要难旁人。**"(《陕北民歌大全·上册·391》)

我们发现,在例1的第四节和例2的第二节中都出现了"**二茬茬糜子碎梢梢,心事好来咱慢慢交**"这两句唱词,除了唱述时的衬字变化以外,词文本内容完全相同。同样的情况,例2的第一节和例3的第二节——"**唱曲再不要拉哭声,难你不要难旁人**",除更换了衬字的位置和字眼,两个例子中的词文本内容也是完全相同的。

这种一节多搭,任意组合的情况在信天游词文本中非常普遍。并且,这种任意地搭配和组合不仅以小节为单位,有时还以分句为单位,换言之,同一个分句可以与不同的分句进行组合形成独立的小节,小节内部也呈现出一种弱关联或者无关联的状态,这一点在兴句之中尤为明显。对此,笔者在第四章中将进行专门的论述,此处先悬置不谈。

二、自然单元容量不闭合①

因为信天游是以小节为单位的,小节间内容上不要求必然的承启关系,所以,词文本的长度没有什么限制,可长可短,既可以一"首"数十节乃至上百节,也可以单节成"首",随时可停可歇,自然单元容量不闭合,其起止全凭歌者的自由意志。

例如:"墙头上跑马我还嫌(上)低,(我们)面对面坐下(哟)还想你。山丹丹开花六瓣瓣红,(哎呀)什么人留下个人想人。南瓜(那)开花(哟)黄(呀)又黄,(哎呀)想起(那)妹妹(哟)心里慌。芫荽(那)开花(哟)碎(呀)粉粉,(哎呀)想死(那)想活

---

① 吕政轩曾就陕北民歌的一歌多词现象进行了讨论,认为陕北民歌因其创作的口头性和流传的变异性而产生了大量的一歌多词现象,并总结出四条演变规律,即由简单到复杂的成熟过程、由繁杂到简单的精炼过程、由庸俗到健康的提炼过程、由传统民歌到革命民歌的演变过程。详见吕政轩:《陕北民歌一歌多词及其演变规律》,载《榆林高等专科学校学报》2003年第1期。吕政轩:《陕北民歌艺术论》,宁夏人民出版社2004年版,第167—176页。笔者对此持不同看法。首先,作者在探讨时并未对小调和信天游进行区分。这些规律或许适用于小调,但于信天游而言则是有待商榷的。其次,作者所在文中所引用的民歌文本并未注出采录时间和受访人,例如其规律二中所举的例子是几段信天游词文本,而根据笔者使用的资料,这些例子并不能体现一种历时性的规律,作者所谓的演变前的唱词和演变后的唱词据《陕北民歌大全》所注的采录时间在时序上恰好相反。笔者认为,至少对于信天游而言,它的自然单元是不闭合的,所谓的一歌多词、繁简各异,完全是基于歌者自由意志而产生的现象,并无规律可循。

(哟)不见人。白日里想你(哟)吃不下饭,(哎呀)黑夜里想你(哟)浑身软。"(《陕北民歌大全·上册·136》)根据选本附注,这"首"信天游采录于1977年,张占怀唱,向贵记录。但是,同为张占怀唱,马光荣记录,采录于1979年的这"首"信天游却只有两节:"墙头上跑马我还嫌(上)低,我们面对面坐下(哟)还想你。山丹丹开花溜畔畔(上)红,什么人留下个(哟)人想人。"(《陕北民歌大全·上册·137》)我们对这两"首"信天游进行比对,可以看出第一"首"的前两节除了个别唱词和衬字以外与第二"首"基本相同,但是后者词文本长度却大大减少。诚如王克文所言信天游形式:"具有多种特点:一是简单,二是自由灵活。有两句唱两句,有四句唱四句,实在不行,又可以用衬字、衬词和衬句补充,不必为拼字凑韵发更多的愁。这种简单自由的形式,便于劳动人民掌握,也便于流传。"①

《陕甘宁老根据地民歌选》中对信天游有这样一条注释:"信天游,是陕甘宁边区主要的民歌形式之一,它的词曲都比较简单、自由、生动而活泼,人们随时把生活遭遇和感情欲望创造出新的信天游。'信天游''不断头',这是一支永远唱不完的民歌,定

---

① 王克文:《陕北民歌艺术初探》,中国民间文艺出版社1986年版,第201页。

<u>边</u>、<u>靖边</u>一带称<u>信天游</u>为<u>顺天游</u>。"①此言甚是。严格地说,信天游是不能论"首"的,只能论"段",这也是笔者在前文提到信天游时凡是涉及"首"必加上引号的原因。我们之所以会有"首"的概念,舞台上之所以能够出现一"首"信天游,完全是歌者基于自由意志所形成的歌曲自然起止。信天游是歌者随时随地对生活的自由抒怀,从理想的状态来说,它是可以无限制地唱下去的,所谓"酸曲好比没梁子斗,甚会儿②想唱(哎)甚会儿有"(《陕北民歌大全·上册·179》),这确实"是一支永远唱不完的民歌"。③

三、歌名的任意性

基于笔者前文所述,信天游很难概括全段提取出一个歌名,相比小调歌名的相对固定,如《四保揽工》《小寡妇哭坟》《蓝花花》《女儿一十八》《绣荷包》等等,信天游的歌曲或是没有歌名或

---

① 中国民间文艺研究会编,中央音乐学院民间音乐研究所整理:《陕甘宁老根据地民歌选》,新音乐出版社 1953 年版,第 128 页注释①。下划线原有。
② 甚会儿,即什么时候。
③ 据笔者使用的资料(《陕北民歌大全·上册》《露水地里穿红鞋——信天游曲集》《陕甘宁老根据地民歌选》),信天游的曲调长度是有限的,第一节词文本的曲调就决定了整段信天游词文本的曲调,也就是说,同一段信天游中每一节词文本所配的曲调都是完全相同的,有限长度的调子可以循环填入无限节词。从这个角度来讲,信天游也是"一支永远唱不完的民歌"。

是任取一句为名,具有任意性。

1. 没有歌名

何其芳、张松如编辑的《陕北民歌选》和鲁迅艺术文学院所编选本都是将信天游词文本据内容分为三大类,以"信天游(一)""信天游(二)""信天游(三)"标示,每一类下再无子类,也没有歌名,直接是以小节为单位的词文本。《陕甘宁老根据地民歌选》与之近似但稍有不同,该本按内容分类,将信天游与小调同归于"爱情类"下,小调有单独的曲名,而信天游则以采录时的自然单元为单位,名之以"信天游(之一)、信天游(之二)……",同时在目录中用阿拉伯数字注明每"首"在全选本 572 "首"民歌中的次序,如"208 信天游(之一)",意为该曲在信天游中为第一"首",在所选的全部民歌中是第 208 首。

2. 任意命名

本书使用的其他两种资料与上述三选本又有不同,它们给每一首信天游在标注全本次序的同时也单独进行了命名,但是,这些命名都具有任意性。杨璀所编的选本《露水地里穿红鞋——信天游曲集》在开篇的《几点说明》中提到:"本集按每首曲调的调式及其起音、落音归纳分类①……信天游歌名,绝大部分为编

---

① 即徵、羽、宫、角四调。参看杨璀编:《露水地里穿红鞋——信天游曲集》,人民音乐出版社 1995 年版,第 1—18 页。

者从词中择出,并试图尽可能在歌名的顺序中,体现内容的有机联系。"①不难看出,每"首"信天游的歌名都不是原本就有的,而是编者后来从词文本中择选了一句为名,如"你咋能撂下妹妹个自走""虽然你年轻心不坏"等等。因为信天游词文本是以小节为单位自由分合的,所以,这种择选很难概括整曲内容(事实上,也没有什么统一的内容可以被概括),只能是一种任意地命名,并且通常都是以第一节的第一句为歌名,这一点与《诗经》颇为相似。《陕北民歌大全》中的信天游命名方式与杨本类似,不过较之杨本的按调式归类,它的曲目排序更具任意性。在信天游的大类下,该本力图依照歌名进行排序,但由于信天游的歌名全是编者任选唱词为名,使得该本中的信天游词文本有的内容颇为近似,但是歌名却截然不同;而有的歌名虽然相同但词文本内容迥异,甚至即便是采自同一个受访人,但由于采录的时间不同,词文本的内容就大不相同。这一切,皆因为信天游完全是一种自由的民歌体裁,可以即兴而编,信口而唱,用笔者前文提到的民歌人李春宝的话来说,这是一种"想咋介唱就咋介唱"的民歌。它游荡在天空,流走在沟溪,回响在山峁,在黄土地的山山洼洼、沟沟岔岔间歌唱着人类自由的天性。

---

① 杨璀编:《露水地里穿红鞋——信天游曲集·几点说明》,人民音乐出版社1995年版,第13页。

第二节 重复

重复,几乎是所有民间口头传统都会使用到的表现手法,信天游和小调也不例外。吴超更是将重复视为构成民歌音乐美的重要因素:"构成民歌音乐美的条件,除了形体规范、韵律和谐、音调铿锵、节奏明快、旋律优美、听之入耳、念着顺口、易记易传等等因素外,还有一个重要因素就是讲究重叠、反复。"[1]但较之小调词文本,信天游词文本中的重复呈现出一种具有区别性的特征,借用奥尔里克的表述,笔者认为,离开了其特有的重复,信天游词文本就无法获得它完整的形式。[2]

中国现代语言学的奠基人陈望道,按照重复的对象,把重复分为"复叠"和"反复"两种。前者属于"词语上的辞格",指字的连接使用;后者属于"章句上的辞格",指语句的反复出现。[3] 信

---

[1] 吴超:《中国民歌》,浙江教育出版社1995年版,第142页。
[2] 奥尔里克认为,离开了重复,民间叙事就无法获得它完整的形式。详见[丹麦]阿克塞尔·奥尔里克:《民间故事的叙事规律》,见[美]阿兰·邓迪斯编:《世界民俗学》,陈建宪、彭海斌译,上海文艺出版社1990年版,第187页。
[3] 陈望道:《修辞学发凡》,上海教育出版社1979年版,第72页。

天游词文本中常见的是字的重复①,章句的重复则更多出现在小调词文本中,对信天游而言基本上是缺失的。本节中,笔者便从这两方面着手,依照语言学的分类,进入对信天游词文本体裁特征的讨论。

一、信天游词文本中常见的重复

陈望道先生对复叠有如下定义:"复叠是把同一的字接二连三地用在一起的辞格。共有两种:一是隔离的,或紧相连接而意义不相等的,名叫复辞;一是紧相连接而意义也相等的,名叫叠字。"②因为在信天游词文本中,字的重复少有意义上的区别,所以,在这里,笔者希望更自由地理解复叠这一行为,暂时忽略陈先生定义中对意义的要求,仅将隔离与否作为区分复辞与叠字的标准,从更宽泛的角度上来讨论信天游词文本中的重复现象。

---

① 汉字是汉语的书写单位,除了儿化音外,一个字代表一个音节,字和音节的数目完全对应。但它和词的数目则是不对应的,二者关系比较复杂,有单字成词的,即单音节词;也有两个或两个以上的字表示一个词的,即双音节词或多音节词。详见北京大学中文系现代汉语教研室编:《现代汉语》(重排本),商务印书馆 2004 年版,第 145—147、190—194 页。为符合现代汉语语法规范,笔者此处表述为字的重复,但实际上,它既包括不成词的单纯音节的重复,也包括词的重复。
② 陈望道:《修辞学发凡》,上海教育出版社 1979 年版,第 169 页。

1. 复辞①

复辞是指在一个句子内部的词汇或短语②隔离出现的重复现象。较常见的重复对象有名词、动词、形容词和数量词短语。复辞亦见于小调词文本，重要的是，它以一种高于后者的频率出现在信天游词文本中。

(1) 名词

同一名词的重复在信天游词文本中绝大多数都是集中在分句之内的，一般有两种效果：一是和谐音韵，如"**百灵子雀儿百灵子蛋，谁不知道妹子没好汉。百灵子雀儿百灵子窝，谁不知道哥哥没老婆**"（鲁迅艺术文学院编《陕北民歌选》第 7 页）。名词的重复在这里与内容无关，但是增强了一种音韵的旋律感，读来错落有致，朗朗上口。二是表示强调，如"**干石板栽葱扎不下根，什

---

① 针对信天游词文本中复辞的研究一直较为少见。在笔者掌握的资料中，只有王克文曾在陕北民歌的研究中对复辞予以过关注，他名之为"重字、重词"，认为"这是一种将同一字、词反复使用的手法"。首先，该定义没有突显其隔离的特征。其次，由于缺乏对音节、字、词三者关系的明确认识，该定义字、词的并列并不合乎现代汉语语法规范。详参本书第 85 页注释①，第 91 页注释①。最后，作者对这一问题的讨论是在"陕北民歌"的范畴下进行的，虽然引例中绝大多数都是信天游词文本，但也有零星的小调词文本，毕竟不是专门针对信天游体裁特征的讨论。

② 信天游词文本中的复辞现象，其重复对象都是词，没有不成词的单纯音节符号，所以笔者此处舍弃了"字"的表述而代之以"词汇或短语的重复"。

么**人**留下**人**想**人**"(鲁迅艺术文学院编《陕北民歌选》第 26 页)。名词的重复有的称人,有的称己,既强调了人,也突出了情。这种强调性重复用于方位名词时有时兼有铺陈夸张的意思,如"**前沟里糜子后沟里谷,哪达儿想起哪达儿哭**"(鲁迅艺术文学院编《陕北民歌选》第 21 页)。当然,更多的时候,这些不同效果的重复是交叉在一起使用,很难区分开来的,如"**眉对眉来眼对眼,眼眨毛动弹把言传**"(鲁迅艺术文学院编《陕北民歌选》第 12 页)。

(2)动词

动词的重复一般用来表示某种动作或状态的延续,或者用来渲染、突出某种动作或状态。[①] 前者如"**哥哥走来妹妹照,照得照得走远了**"(鲁迅艺术文学院编《陕北民歌选》第 20 页),在这里,时间段的长度体现在动词的重复当中,我们无从知晓"照"这个动作究竟持续了多久。[②] 歌者经常利用这种方式,来表现时间之久。后者如"**你唱你唱尽你唱,交朋友不在唱曲上**"(鲁迅艺术文学院编《陕北民歌选》第 11 页),又如"**想你想你真想你,想你三天不见你**"(鲁迅艺术文学院编《陕北民歌选》第 22 页),通过动词的重复,动作或状态被突出到了极致,这种突出也常常用于表

[①] [日]西村真志叶:《中国民间幻想故事的文体特征》,中国社会科学出版社 2018 年版,第 45 页。
[②] [日]西村真志叶:《中国民间幻想故事的文体特征》,中国社会科学出版社 2018 年版,第 45 页。

达一种强烈的感情。动词的重复位置比较灵活,既可以单在一句之中,也可以贯穿在整节之中,可以均匀间隔出现,也可以出现间隔不均匀,没有固定的格式可言。

(3)形容词

形容词的重复一般是为了强调所形容的程度。① 强调形容词的程度,在信天游词文本中一般有三种方式:首先是形容词在小节的单一分句内部通过添加副词进行重复,当然,这些副词通常符合当地方言口语的特点,如"**干妹妹好来果然好,走起来好像水上飘**"(鲁迅艺术文学院编《陕北民歌选》第 8 页);其次是小节内部上下句格式相近或相同,形容词在两个分句的相同位置互相照应重复,常有类比的意思,如"**那面山上小果树,我是谁家小寡妇**"(鲁迅艺术文学院编《陕北民歌选》第 22 页);再次则是形容词在小节内部两个分句中的不同位置丝线串珠式地重复,如"**要穿(的那个)蓝来(哟)一(个)身身蓝,蓝围裙(那个)蓝裤裤水漂船**"(《陕北民歌大全·上册·223》)。这种重复,如果上下句所唱述的内容弱关联或无关联,则大多取音胜过取意,如"**洋烟开花红又红,照见三妹子红口唇**"(鲁迅艺术文学院编《陕北民歌选》第 7 页)。

---

① [日]西村真志叶:《中国民间幻想故事的文体特征》,中国社会科学出版社 2018 年版,第 45 页。

(4)数量词

数量词的重复在信天游词文本中非常普遍,这里所说的数量词包括单纯的数词、量词和数词加量词,因为它们常常一起出现,且出现位置亦有相似的程式可循,故笔者将其归于同一类下,统称数量词。数量词的重复格式和效果大致可以分为三类:一是集中在一个分句之内,并且大致均衡间隔,有协调音韵,流畅句式的作用,如"**半碗黑豆半碗米,端起碗来想起你**"(鲁迅艺术文学院编《陕北民歌选》第23页);二是分布于上下两句之中,出现频率和位置相同,这种格式与形容词的重复相近,有时有类比或对比之意,如"**一壶壶烧酒两碟碟菜,一样朋友两样待**"(鲁迅艺术文学院编《陕北民歌选》第34页);三是贯穿在整个小节当中,但是重复的频率不同,一般是上句两次,下句一次,下句中出现的位置与上句中的任意一处原词对应,这种格式常可以起到强调或突出的作用,如"**一个枕头一条毡,一个人睡觉澈**①**这么难**"(鲁迅艺术文学院编《陕北民歌选》第25页),又如"**发一回山水冲一层泥,撩个下朋友蜕一层皮**"(鲁迅艺术文学院编《陕北民歌选》第33页)。

除此之外,在少数文本资料中,还存在一种特殊的数量词重复,它重复的格式和效果都可以划入笔者归纳的第三种,但是数

---

① 澈,加重语气的语助词。澈这么难,难过得很的意思。此为原选本注。

词却不完全相同,并且下句中的数词为上句中两个数词的叠加,如"<u>三十里</u>名山<u>二十里</u>水,<u>五十里</u>路上看<u>一</u>回你①"(鲁迅艺术文学院编《陕北民歌选》第30页),笔者暂称之为数量词的"非典型重复",将其作为特例归入格式三。

需要注意的是,为了清晰起见,笔者将三种重复格式区分开来单独加以论述,而在实际情况中,这三种格式往往是你中有我、我中有你的。这一点,从笔者上面所举的例子中也可以看出来,如例二中的量词"样"可以归入格式一,例三中的数量词"一个"则可以归入格式二。此外,值得一提的是,增强韵律感几乎是数量词的所有重复格式都具备的效果。

2. 叠字

叠字是指在一个句子内部同一的字紧相连接重复出现的现象,大多是单音叠字,又称叠音②,所重复的字既可以是词也可以

---

① 水,读 Sui;你,读 Ni。此为原选本注。
② 北京大学中文系现代汉语教研室编:《现代汉语》(重排本),商务印书馆2004年版,第194页。

是不成词的单纯音节①。这是陕北地方语言的一个特点,小调词文本中的叠字现象还不是十分普遍,但在信天游词文本中,这一手法表现得尤为突出。

---

① 参看本书第85页注释①。在以往对信天游词文本叠字现象的研究中,研究者往往将字等同于单纯的音节,对它和词的关系不加以区分,致使对"叠字"本身的界定、对紧相连接的重复对象的分类,以及对叠字、迭词、重叠、叠音、复叠等诸多概念的使用都呈现出一种混乱的状态。有研究者认为:"形、音、义完全相同的两个字复叠,便叫叠字。"(参看刘育林:《"信天游"语言艺术试探》,载《延安大学学报》(社会科学版)1987年第1期)事实上,有的叠字根本无意义可言,只是具有任意性的音节的重复。有的研究者将单音节词的连接使用等同于叠字,忽视了无意义的单纯音节的重复。(参看史蕾:《陕北民歌歌词与曲调结合的特色初探》,载《音乐天地》2008年第10期。史文题目虽是陕北民歌,但所有引例均取自信天游词文本)有些研究者虽然意识到了词和单纯音节的区别,但是由于缺乏对"音节、字、词"三者关系的明确认识,对概念的界定仍欠规范,认为:"叠字是把字、词迭连起来,借繁复的语音突出形象……摹状就是把一个迭词镶在一个单字副词、形容词之后,构成一个繁复的副词或形容词,用它把现实生活中丰富多采的事物的声音、颜色、形状摹拟出来。"[参看韩世琦:《试谈陕北民歌的语言艺术》,载《延安大学学报》(社会科学版)1983年第4期。韩文是以陕北民歌为对象讨论重复,不是针对信天游词文本重复的专门研究,但其在概念界定上同样存在可商榷之处,故此处一并列出]首先,现代汉语中单字亦可成词,上述"叠字"概念中将字和词的并列本身就是不合理的。其次,根据陈望道在《修辞学发凡》中对摹状的定义,这一辞格又称摹声格,只取声音,不问意义,所重复的字根本不能称其为词,只是声音符号而已。(参看陈望道:《修辞学发凡》,上海教育出版社1979年版,第95页)最后,我们可以说单纯音节的重复与摹状相似,但是不能说摹状就是单纯音节的重复,因为摹状是不必缀于形容词、副词之后的。此外,上述所谓"摹状"的概念还忽视了信天游词文本中无形容词、副词前缀,直接摹写事物声音的音节重复。

(1) 词

叠字中词的重复,在信天游词文本中,对词性基本没有什么限制。名词如"**红鞋扎的绿<u>花花</u>,你把哥哥眼<u>耀花</u>**"(鲁迅艺术文学院编《陕北民歌选》第4页);动词如"**一把捉住干妹子手,<u>说说笑笑</u>才开口**"(鲁迅艺术文学院编《陕北民歌选》第5页);形容词如"**纸糊灯笼四<u>方方</u>,自小不爱那秃<u>光光</u>**"(鲁迅艺术文学院编《陕北民歌选》第36页);数量词如"**上河里鸭子下河里鹅,<u>一对对</u>猫眼**[①]**照哥哥**"(何其芳、张松如编辑《陕北民歌选》第96页)。再如**串串、片片、脸脸、手手、褂褂、扇扇、肩肩、叶叶、水水、衫衫、袄袄、口口、弯弯、壳壳、蛊蛊、碗碗、把把、梢梢、脸脸、穗穗、样样、蛋蛋、回回、坡坡、沟沟、峁峁、畔畔、慢慢、苗苗、豆豆**等等。在信天游中,词的叠字重复可以说俯拾皆是。这类重复一般有三重效果:第一,调整句式节奏,协调语调韵律,增强音韵的装饰效果。如"**红豆<u>角角</u>抽了筋,门里门外没人亲**"(鲁迅艺术文学院编《陕北民歌选》第26页),其节奏为XX|XX|XXX,XX|XX|XXX。我们试去掉叠字,"**红豆角抽了筋,门里门外没人亲**",节奏变为XXX|XXX,XX|XX|XXX。两相比较,不难看出,前者两句节奏相

[①] 原选本此处注:"猫眼,形容目光有深意。"陕北方言并无此说,"猫眼"疑为"毛眼眼"之误,在陕北方言中,"毛眼眼"用来形容女孩子眼睫毛长,生得可爱。

同,音韵和谐,且读来张弛有度,流畅上口;而后者则节奏发生改变,两句节奏迥异,上句更是读来突兀生硬,整节都失去了一种音韵和节奏上的美感。第二,借助声音的繁复增进内容语感的繁复。如"**青杨柳树风摆浪,死死活活相跟上**"(鲁迅艺术文学院编《陕北民歌选》第15页)","**死活**"叠字为"**死死活活**",通过声音的繁复使得生死以之的感觉更为强烈。第三,承载一定的感情色彩(大多是疼爱、怜惜或喜欢的情感)。如"**想你想成病人人,抽签打卦问神神**①"(鲁迅艺术文学院编《陕北民歌选》第23页),"人"的叠连将弱小、憔悴之感跃然纸上,让人怜意顿生。再如"**清水水玻璃隔着窗子照,满口口白牙对着哥哥笑**"(鲁迅艺术文学院编《陕北民歌选》第12页),两组叠字平添了一种喜爱之情,后者更兼含小巧之意。当然,这三重效果也往往交织在一起,同时出现。

(2)单纯的音节

陈望道曾指出:"叠字未必就是副词、形容词,却是用做副词、形容词的居多……在口语和现代文艺作品中每每把一个叠字镶在一个单字副词或形容词之后,来构成一个繁复的副词或形容词。如'乱纷纷''冷清清''寒森森''羞答答'等是。"②这一认识

---

① "神神"一词是陕北方言中的固定用法,不是有意为之的叠字。
② 陈望道:《修辞学发凡》,上海教育出版社1979年版,第175页。

对于信天游词文本也同样适用。但是,这类叠字只有一小部分是原本也可单独出现的,如"清粼粼"的"粼粼"、"绿茵茵"的"茵茵",似乎独立也还有意义,绝大部分字只是通过对于音节的感觉来表现当时的氛围,实际上只取声音,不问意义。① 比如,"甜"有时说"甜丝丝",而"凉"也有时说"凉丝丝",多是任意随感拈来,没有什么定式。有鉴于此,故笔者称之为单纯音节的重复。这种重复大多用于摹写事物情状所带给人的感觉,基本上相当于修辞学中的摹状。具体到摹写对象,可以分为视觉和听觉两类。前者如"**牵牛牛花开红通通,露水夫妻一场空**"(鲁迅艺术文学院编《陕北民歌选》第 35 页),后者如"**西北风刮的冷森森,什么人留下出门人?**"(何其芳、张松如编辑《陕北民歌选》第 129 页)在听觉的摹写中,有一类特殊的音节重复,它也充当形容、修饰成分,却不是嵌在形容词或副词之后,而是跟在另一个单纯音节之后,直接摹写事物的声音,如"**风刮树叶嘶啦啦响,谁知道哥哥掐②钢枪**"(《露水地里穿红鞋——信天游曲集·203》)。

以上,笔者对单纯音节的重复做了简单的介绍,不难看出,虽然重复的音节本身无关意义,但叠连的音韵却在客观上产生了两层效果:一是借助对于声音的感觉真切再现了当时的气氛,使人

---

① 参看陈望道:《修辞学发凡》,上海教育出版社 1979 年版,第 175—176 页。
② 掐,(方音)nǎo,即扛的意思。此为原选本注。

因声触觉,产生一种直观感;二是和谐了音韵,增加了音乐美。

对于单纯音节的重复,信天游词文本中有时还会有一种较为特殊的处理方式,即在形容词或副词后加一个"格(个)"或别的任意的衬字,然后再加叠字,如"**红格当当,高个朗朗**"等等。这种重复源自陕北的方言,在信天游词文本中十分常见,除了上述的诸效果外,它还能起到分割节奏、延长音韵(主要是延长衬字的前字音韵)的作用,如"<u>**白格生生**脸脸太阳晒,**巧格溜溜**手手拔苦菜</u>①"(何其芳、张松如编辑《陕北民歌选》第92页),"<u>**清滋蓝蓝**(那)凉水冻成(哟号)冰,**毛突生生**(得)眼眼哭成泪人(的)人</u>"(《露水地里穿红鞋——信天游曲集·72》)。

至此,笔者仍需要指出,复辞和叠字在实际的信天游词文本中,往往是混合使用、共同出现的,二者在文本中呈现出一种水乳交融的状态。

上述若干种复叠的情况,有的可能来源于歌者的日常用语习惯。清水曾说:"妇人与儿童,都是很喜欢说重叠话的,他们能于重叠话中每句说话的腔调高低都不相同;如唱歌吟诗般地道出来,煞是好听。"②他认为,妇女和儿童的口语特点是民间童话的重复(重叠)的来源。这一提法也许可以对信天游词文本中的重

---

① 一作"扎花手手拔苦菜"。扎花,即绣花。此为原选本注。
② 清水:《谈谈重叠的故事》,载《民俗》周刊1928年第21、22期合刊。

复产生一些参考价值,尤其是叠字中词的重复。

对小调词文本而言,复叠大概是可有可无的因素,而对于信天游词文本来说,它却是一种不可或缺的基本要素。假如缺少了这种句子内部的字的重复,信天游词文本这一体裁,不但文学性会有所减弱,其形式上的稳固性也势必大大减少。

二、信天游词文本中缺失的重复

反复是指以语句为单位的重复。这在小调词文本中十分普遍,但在信天游词文本中,却很少出现。西村真志叶曾经在对中国民间幻想故事的体裁学研究中指出:"如果说句子内部重复是'以同样词句发出同样情调的音律'的一种'抒情性重复'[1],那么句子或段落的重复大概可以说是以同样语句段落描写事件的叙事性重复。"[2]此言甚是。笔者以为,虽然民歌与幻想故事体裁不同,具体的重复方式也全不相同,但是,"重复单位(即字或语句)"这一概念本身是超越一切具体素材的,针对这一概念意义的认识对所有体裁而言都是别无二致的。所以,信天游词文本与小调词文本对重复单位的不同倾向,恰恰是二者能否承担叙事功

---

[1] [瑞士]埃米尔·叔泰戈《诗学的根本概念》,日文版,第37页。此为西村真志叶原文注释。
[2] [日]西村真志叶:《中国民间幻想故事的文体特征》,中国社会科学出版社2018年版,第46页。

能的写照。

严格的反复所重复的语句是完全同一的,在本书中,笔者将根据所用资料的实际应用情况,从更宽松的意义上来理解这一重复,即在基本句式结构同一的情况下允许语词的更换。以下,笔者拟将小调词文本中这种具有叙事性的重复分为"连接反复"和"隔离反复"两类,分别进行讨论,并对信天游词文本中所出现的一些"特例"加以分析。

1. 连接反复

连接反复大多比较严格,基本上从语句结构到内容都完全同一,如"**三月里寒食(呀)是清明,清明寒食(呀)上新坟,人家有男男上(这)坟,小寡妇苦命娘们二人。(哎哟)小寡妇苦命娘们二人。**左手我提着(呀)香纸篮,右手又拖(那)小儿男,紧一步走来慢一步行,**看着(呀)到了自家的坟。(哎哟)看着(呀)到了自家的坟**"(《陕北民歌大全·上册·615》)。笔者在上一章中曾讨论过,小调对听歌者是没有预设的,它是唱给陌生人的歌,是给陌生人唱述故事的歌,所以这种连接反复对于歌者而言其实是唱述行为的暂时停滞,在这种完全同一的机械性重复中,歌者可以从容构思下面的文本。而对于听众而言,连接反复,亦意味着暂时中止接受行为,同时也意味着记忆的强化和预备更新。① 当然,除此而外,还应当有一种意愿层面的原因,鉴于几乎所有的重复都有这样的意愿基础,所以,此处笔者先不详述,本节末尾再做说明。

2. 隔离反复②

小调词文本中的隔离反复较之连接反复而言,大多比较宽松,虽有完全同一的反复,但是更多的则是保持句式和结构同一的前提下对句中语词进行变换的反复,并且所变换的词多是时间词或者对时间的推移有提示作用的词,如"**一更子(哟)月初升,小奴家灯前叹苦命,二老爹娘爱银钱,把奴身卖给老公公。二更子(哟)月正东,骂一声媒人龟子孙,左煸右煸烂舌根,把奴家闪**③**在个苦水坑……五更子(哟)天放明,前沟里发红后沟里晴,我扑在情郎哥哥的怀,火烧雷打不离分**"(《陕北民歌大全·上册·

---

① 此处连接反复的功能系参考西村真志叶对于中国民间幻想故事中重复功能的讨论,参看[日]西村真志叶:《中国民间幻想故事的文体特征》,中国社会科学出版社2018年版,第57页。
② 在小调词文本中,有一种以段落为单位的重复,如"正月里来女看娘,还有一月忙,请人换帖(是)没空去,(说咋)你回去,你给妈妈说。二月里来女看娘,还有一月忙,掏肥送粪没空去,(说咋)你回去,你给妈妈说……"(《陕北民歌大全·上册·637》)因为这类重复数量极少,且其作用、效果与语句的隔离反复相同,故笔者将其视为一种特殊的语句隔离反复,不再单独分类列出。
③ 闪,甩下,丢下,哄下之意。此为原选本注。

866》)。在这首《五更灯花红》小调词文本中,隔离反复的句子除了变更个别的时间性语词,其结构和内容没有任何变化,而通过这种局部变化的重复,它的叙事功能显现了出来——整个事件连同前因后果随着时间词的变换一步步在我们眼前展现开来。类似的例子在小调词文本中随处可见,如《四保揽工》(《陕北民歌大全·上册·555、556》)、《盼情郎》(《陕北民歌大全·上册·865》)等等,其共同的特征就是变换语词的语句隔离反复,所变换的词大多都是时间词,如"**正月里(正月正)……二月里(二月二)……**""**十七上……十八上……**"等,或是通过变化能指示时间的词,如"**金鸡娃叫明叫头遍……金鸡娃叫明叫二遍……**"(《陕北民歌大全·上册·647》),"**送情郎送在(哟)一里亭……送情郎送在(哟)二里亭……**"(《陕北民歌大全·上册·853》),等等。

至此,也许有人会说,信天游词文本中也有类似的重复,甚至也会有表示时间的词的变化。但是它与上述的重复真的相同么?我们试举例分析。在笔者使用的资料中,有这样一"首"信天游:"**头一回眊你(是)你不在**,你妈妈打了我两锅盖(哟亲亲)。**二一回眊你(是)你不在**,你妈妈给我吃了一些扁豆捞饭就苦莱(哟亲亲)。"(《陕北民歌大全·上册·160》)乍一看,例中加点处的重复似乎与小调词文本中的隔离反复相同,但仔细分析之后我们会发现,这段唱词中的重复句所领起的内容彼此之间呈现出一种无关联的状态,也就是说,它们满足笔者上一节中所述的信天游词文本小节间任意关联的体裁特征,每节只是零散闭合的个体,信天游词文本中的反复小节犹如一种并列关系而非小调词文本中的递进关系,构不成事件发展的有机组成部分,这是两种看似相类的重复间根本的区别。所以,在同一资料本中,又相继出现了多段不同的唱词,如"**头一回(价那)看你(哟)你不在,你妈给我吃里(奴)些酸不溜溜、二不就就、酸不甜甜、酸稀(的哟)饭,(妹妹)。二一回(价那)看你(哟)你不在,你妈把你打发到对面洼洼、圪里圪塄、窟里窟窿、(哟)拔(的)苦菜,(妹妹)**"(《陕北民歌大全·上册·202》),还有的唱词内容增加到了三节(《陕北民歌大全·上册·161》),甚至四节(《陕北民歌大全·上册·196》)。如前所说,信天游词文本的自然单元容量是不闭合的,完全是歌者自由意志的产物,不能承担叙事的功能。

　　小调是唱给歌者以外的陌生人听的,其间的隔离反复通过时间性语词的变化展现行为的发展,保证了每次重复所领起的内容都是整个事件的有机组成部分,对叙事来说,这无疑是一种简洁方便的口头技艺。同时,这种反复又尽量保持句式结构的稳定,这对歌者而言,显然降低了演述整个事件的难度;对陌生的听众而言,大量提示性的重复使他们更易于把握所聆听的内容,从而产生一种安全感。

　　至此,笔者大致梳理了信天游词文本中常见的重复和缺失的重复。信天游词文本对重复单位的倾向,决定了它长于抒情而无力叙事的体裁特质,可以说,歌者对于句子内部字的重复的钟爱,使得信天游获得了固定的、稳定的形态,也使其非叙事性的体裁特征得以彰显。此外,笔者前文提到,不论复叠还是反复,一切重复都有其除去技艺以外的意愿因素,即所有一而再、再而三显现的形式,往往能给歌者和听众带来一种单纯的快感,基于这种意愿,无论是歌者还是听众都是愿意从中获取乐趣的,这是他们自由意志的选择。①

---

① 西村真志叶在讨论中国民间幻想故事的"重复"成因时也曾援引吕蒂和小泽俊夫之语提及这一非技术性的因素,并将其归为一种"心理上的作用"。然笔者认为,心理作用属于经验层面,可能很难保证不同演述者对体裁形式稳定、同一的追求,故此,这里暂且谨慎地将这一因素表述为基于自由意志的意愿。[日]西村真志叶:《中国民间幻想故事的文体特征》,中国社会科学出版社2018年版,第57页。

第四章　文体现象（三）
——信天游中的"兴"

信天游词文本长于比、兴，尤爱兴法，仅以《露水地里穿红鞋——信天游曲集》为例，全书415"首"信天游共1153节，使用兴法的就多达413节，可见其对兴的偏爱。许多研究者都借助比、兴来定义"信天游"这一体裁。① 可以说，现有对信天游的研究资料中，凡论及信天游特点，必谈比、兴。

"比"的界说是较为清晰的，从汉代郑众的"比者，比方于

---

① 如吕政轩即把信天游定义为两句一段多用比兴，兼有赋法，有较强随意性的一种山曲。（参看吕政轩：《陕北民歌艺术论》，宁夏人民出版社2004年版，第3—4页）吕静也曾提道："信天游主要流传于绥德、米脂一带，它的突出特点是采用比兴手法，触景生情、借景抒情。"［参看吕静：《陕北民歌概述》，载《宝鸡文理学院学报》（人文社会科学版）1997年第4期］类似的表述还有很多，篇幅所限，笔者不再一一列举。

物"①,经刘勰、钟嵘、孔颖达②直至宋之朱熹的"比者,以彼物比此物也"③,历代诸说对"比"的认识都较为统一,基本上是把"比"解作譬喻、比附之意。对信天游中"比"的研究亦不在少数且已较为成熟,故笔者不再赘述。而"兴"的界说,却历来颇有争议,古今诸家各执一词,难成共识。以至于钱锺书曾无奈道:"兴之义,最难定。"④朱自清亦曾发出"你说你的,我说我的,越说越糊涂"⑤的慨叹。那么,到底什么是"兴"? 各家之说有无可通约之处? 这些对"兴"内涵的界定是否能涵盖信天游词文本中所出现的所有"兴"法? 有无例外? 其成因为何? 在本章中,笔者将对诸家之说进行梳理,而后从信天游词文本中"兴"的使用状况及其成因两个方面,对上述问题进行分析讨论,进而试对"兴"这一信天游词文本中极为重要的体裁特征重新进行界定。

---

① 《十三经注疏》(上册)(影印本),上海古籍出版社1997年版,第271页。
② 刘勰:"比者,附也。"(参看刘勰:《文心雕龙·比兴》)钟嵘:"因物喻志,比也。"(参看钟嵘:《诗品序》)孔颖达则是对郑众的说法加以诠释:"'比者,比方于物',诸言'如'者皆比辞也。"(参看《毛诗正义》卷一)
③ 朱熹集注,中华书局上海编辑所编辑:《诗集传》,中华书局1958年版,第4页。
④ 钱锺书:《管锥编》(第一册),中华书局1979年版,第62页。
⑤ 朱自清:《朱自清说诗》,上海古籍出版社1998年版,第48页。

第一节 信天游词文本中"兴"的使用状况

一、"兴"之诸说

最先提出"兴"的是《周礼·春官》,"太师教六诗:曰风、曰赋、曰比、曰兴、曰雅、曰颂"①。但是,该书没有对其内涵稍加解释。此后,论者纷起,诸家各执一词,未有定论。这些注说大致可以分为三类:

第一类是完全从内容着眼,取其直陈或寄托之意,如刘勰《文心雕龙·比兴》:"兴者,起也……起情者依微以拟议。起情故兴体以立……"②孔颖达《毛诗注疏》:"兴者,起也,取譬引类,起发己心。《诗》文诸举草木鸟兽见意者,皆兴辞也。"③闻一多《诗经研究》:"喻有所谓'隐喻',它的目的似乎一壁在喻,一壁在隐;而在多数的隐中,作为隐藏工具的(谜面)和被隐藏的(谜底),常常是两个不同量的质,而前者(谜面)的量多于后者(谜

---

① (宋)王昭禹:《周礼详解》,收(清)永瑢、纪昀等纂修:《景印文渊阁四库全书》第 91 册,台湾商务印书馆 1986 年版,第 427 页。
② (梁)刘勰:《文心雕龙》,收(清)永瑢、纪昀等纂修:《景印文渊阁四库全书》第 1478 册,台湾商务印书馆 1986 年版,第 50 页。
③ (唐)孔颖达:《毛诗注疏》,收(清)永瑢、纪昀等纂修:《景印文渊阁四库全书》第 68 册,台湾商务印书馆 1986 年版,第 120 页。

底),以量多的代替量少的,表面上虽是隐藏(隐藏的只是名),实质上反而让后者的质更突出了。这一来,隐岂不变成喻了吗?……隐在《六经》中相当于《易》中的'象'和《诗》的'兴'(喻不用讲,是《诗》的'比')……"①

第二类则认为兴句与本句之间无关乎内容,只是发端而已。如朱熹《朱子语类》:"诗之兴,全无巴鼻——多是假他物举起,全不取其义。"②钟敬文:"只借物以起兴,与后面的歌意了不相关。"③并且,一般认为这种无关意义的"发端之兴"起着限定音韵的作用。④ 顾颉刚就曾说:"数年来,我辑集了些歌谣,忽然在无意中悟出兴诗的意义……如'孔雀东南飞,五里一徘徊',原来与下边的'十三能织素,十四学裁衣,十五弹箜篌,十六诵诗书'一点没有关系。只因若在起首说'十三能织素',觉得率直无味。所以加上了'孔雀东南飞,五里一徘徊',一来是可以用'徊'字来

---

① 闻一多:《诗经研究》,巴蜀书社2002年版,第66—67页。
② (宋)朱熹:《朱子语类》,收(清)永瑢、纪昀等纂修:《景印文渊阁四库全书》第701册,台湾商务印书馆1986年版,第690页。
③ 钟敬文:《谈谈兴诗》,见顾颉刚编著:《古史辨》(第3册),上海古籍出版社1982年版,第681页。
④ 参看许钰:《民歌中的比兴》,见中国民间文艺研究会上海分会、上海文艺出版社编:《中国民间文学论文选(1949—1979)》(中),上海文艺出版社1980年版,第167—170页。参看刘育林:《信天游"兴"简论》,载《延安大学学报》(社会科学版)2008年第4期。

起'衣''书'的韵脚,二来是可以借这句有力的话来作一个起势。"①朱熹在传《诗经》时也有类似的说法。②

第三类则是折中上述两类,综合取义,认为"兴"兼有直陈、寄托和发端限韵之意。如朱自清就认为:"《毛传》'兴也'的'兴'有两个意义,一是发端,一是譬喻;这两个意义合在一块儿才是'兴'……兴是譬喻,'又是'发端,便与'只是'譬喻不同。前人没有注意兴的两重义,因此缠夹不已。他们多不敢直说兴是譬喻,想着那么一来便与比无别了。其实《毛传》明明说兴是譬喻……"③"虽然起兴的事物意义上与下文无关,但音韵上是有关的;只要音韵有关,听的人便不觉得中断,还是舒舒服服听下去。"④

以上诸说仅是笔者择其要者陈列一二,远未覆盖古今之解。至此,我们不难理解钱、朱二位先生的感慨了,"兴"之义,难矣!既如此,我们不妨换一种思路,将"'兴'究竟当作何解"的问题权且搁置一边,暂依上述三类"兴"内涵的注说对信天游词文本中

---

① 转引自朱自清:《中国歌谣》,复旦大学出版社2004年版,第190页。
② 《诗经·召南·小星》第一章:"嘒彼小星,三五在东。肃肃宵征,夙夜在公。实命不同!"朱熹如是传云:"兴也。……盖众妾进御于君,不敢当夕,见星而往,见星而还,故因所见以起兴;其于义无所取,特取'在东','在公'两字之相应耳。"即前两句与下文意义无关,只取"东""公"二字押韵罢了。参看(宋)朱熹:《诗经集传》,收(清)永瑢、纪昀等纂修:《景印文渊阁四库全书》第72册,台湾商务印书馆1986年版,第756页。
③ 朱自清:《朱自清说诗》,上海古籍出版社1998年版,第51—52页。
④ 朱自清:《中国歌谣》,复旦大学出版社2004年版,第191页。

的"兴"进行分类,看看文本资料是否能与分类标准合若符契? 有没有不在这三类之中的例外? 换言之,笔者意欲把"是什么"的问题暂且放下,而去文本中感知它"怎么样",根据资料的实际分析情况,考量百家之言,再论"兴义何为"!

下面,笔者将对信天游词文本中"兴"的使用状况做一介绍。

二、信天游词文本中"兴"的使用状况

1. 兴句、正句内容相关①

这种兴句与正句内容上的相关有两种情况,即直陈或寄托。下文分而述之。

直陈:这类兴法兴句与正句在语意上上下连接,是正句意义内容的有机组成,用于情调象征,"以表现情调、气氛、心境之类为主"②。可以说,没有兴句,正句就无法更完整地③表达语意。具体可以分为两类:

(1)兴句借他物形成或渲染某种气氛,对正句进行映衬、烘

---

① 信天游词文本,两句一节,若用兴法,则上句为兴句,下句为正句。
② 朱自清:《中国歌谣》,复旦大学出版社2004年版,第194页。
③ 注意:不是无法完整表意,而是无法更完整地表意。因为信天游词文本不但以小节为单位独立、闭合,甚至小节内部的分句之间在某种情况下也会呈现出一种弱关联或是无关联的状态,以句子为单位独立、闭合,这一点笔者在本节末尾还将提到。

托或者象征。如"**嗟怪子**①**落在柳树上站,烟喷雾罩死下汉**"(何其芳、张松如编辑《陕北民歌选》第127页),嗟怪子在陕北的风俗中被视为一种不祥之鸟,意味着凶兆,其鸣声沙哑凄厉,令人闻之毛骨悚然。兴句中嗟怪子栖树头的情景在陕北民间多会使人产生一种不祥之感,为正句中的丧夫营造了氛围。

(2)兴句和正句内容上有因果或顺承的关系。如"**前山里有雨后山里雾,照不见哥哥走的那条路**"(何其芳、张松如编辑《陕北民歌选》第105页),兴句的"雨"和"雾"与正句中的"照不见"成因果关系。又如"**前沟里糜子后沟里谷,哪达儿想起哪达儿哭**"(何其芳、张松如编辑《陕北民歌选》第106页),正句中的"哪达儿"承接对应兴句中的"前沟里""后沟里",后者使前者有了一种实在的指向。

寄托:这类兴与比相近,二者有时界限模糊难辨,故人常比兴连称,甚至有"兴兼比"之说②,朱自清则索性直称之为比:"后世

---

① 嗟怪子,一种鸟名。大小像鸽子,灰色,头部像猫头鹰,晚上叫。叫声有三种:"春鸣夏叫秋哗哗哗呦"。迷信说它在哪里叫,哪里即不吉祥。又,相传与猫头鹰同行。陕北俗谚:"嗟怪子眉眼哼呼脑,谁家倒灶谁家跑。"眉眼,即面貌;哼呼,即猫头鹰。此为原选本注。
② 参看许钰:《民歌中的比兴》,见中国民间文艺研究会上海分会、上海文艺出版社编:《中国民间文学论文选(1949—1979)》(中),上海文艺出版社1980年版,第173页。

多连称'比兴','兴'往往就是'譬喻'或'比体'的'比'"[1]。这一兴法根据兴句所言之"他物"取譬引类于本句"所咏之词"的不同方式,大致可以分为以下几类:

(1)同结构类比

这类兴法,兴句与本句所言之物本身并无内容上的关联,但是两句的句式结构是完全相同的,将两个独立的事理同结构并置,取譬于其结构上的相似性。如"**好使的麻柴**[2]**不如炭,再好的朋友不如汉**"(何其芳、张松如编辑《陕北民歌选》第122页),"**骑骡子不骑三条腿**[3]**,交朋友不交洋烟鬼**"(何其芳、张松如编辑《陕北民歌选》第121页)。

(2)隐喻之兴

这类兴法,兴句所起的"他物"与本句的"所咏之词"具有某种程度上的相似性,二者可以视为本体和喻体的关系,与比法无异,是一种没有比喻词的隐喻。如"**雪花打墙冰盖房,**[4]**露水夫妻不久长**"(何其芳、张松如编辑《陕北民歌选》第119页),雪花落在墙上会化掉,冰盖的房子会消融,两样事物的共同点就是"不久长",以此来比喻本句中露水夫妻的难以为继。又如"**一天的**

---

[1] 朱自清:《朱自清说诗》,上海古籍出版社1998年版,第85页。
[2] 麻柴,小麻子的杆,很好烧。此为原选本注。
[3] 三条腿,即有一条腿跛了,有毛病之意。
[4] 一作"冷子打墙冰盖房"。冷子,即雹子。此为原选本注。

云彩风吹散,咱俩的婚姻人搅乱"(何其芳、张松如编辑《陕北民歌选》第 118 页),风吹云散了,人搅亲散了,兴句与本句内容借"散了"的相似之处形成比喻。

(3)借喻之兴

这类兴法,兴句与本句所咏为一物。换言之,隐喻之兴中喻体和本体会分别出现在兴句和正句中,我们在兴句与正句之间加一个比喻词也很顺畅。而借喻之兴中,喻体则完全反客为主,无从添加比喻词,因为正句中也不会出现本体,仍是就喻体说事,但是所唱述的内容却在隐射本体。如"**蛤蟆口**①**灶火烧干柴,越烧越热离不开**"(何其芳、张松如编辑《陕北民歌选》第 100 页),兴句和正句都是在说同一物事,真正"离不开"的"我和你",我们从字面上是看不到的,但可以明确地意识到"离不开"的指涉所在。再如"**鹁鸽子落在灰堆里,灰**②**的日子在后哩**"(何其芳、张松如编辑《陕北民歌选》第 113 页),灰在陕北方言中是背运之意,正句的"灰"承兴句的"落在灰堆"而来,看似言物,实则涉人,一语双关,机带双敲,妙趣横生。

2. 兴句、正句声韵相关

这类兴句与正句在内容上没有什么关系,只是在声韵上与之

---

① 蛤蟆口,形容灶口像蛤蟆口。此为原选本注。
② 灰,陕北方言,指倒霉、懊丧,不走运。

相关,即起着发端限韵的作用。这种相关一般采用两种方式,一是句尾押韵,一是句中同字或同音,有时候,两种情况会同时出现。

(1)句尾押韵

这种兴句与正句的结合比较自由,只要正句与兴句同韵,同一个兴句可以和不同内容的正句任意组合。如:"羊(啦)肚子手巾(哟)三道道蓝,(咱们)见(啦)面面容易(哎呀)拉话话难。"(《露水地里穿红鞋——信天游曲集·343》)"羊肚子手巾三道道蓝,你说你难谁不难?"(何其芳、张松如编《陕北民歌选》第108页)"羊肚子(那个)手巾(哟)三道道(的那)蓝,当红军的(那个)哥哥(哟)跟的是刘志丹。"(《陕北民歌大全·上册·274》)"羊肚子手巾三道道蓝,我的(那)三妹子真好看。"(《陕北民歌大全·上册·419》)这几节唱词中,兴句与正句并无内容上的关联,只取"蓝"与"难""丹""看"同韵,即可组合为一节。

一般只要句尾一个字合韵即可,但信天游词文本中有大量叠字,有时如果兴句末尾使用了叠字,正句也常以叠字押韵,如"**阳婆婆**①**落山黑洞洞,人家**(那的)**吃饭我瞅空空**(么哥哥哟)"(《陕北民歌大全·上册·336》);有时也有末尾两个字分别对应相押的情况,如"**百灵子正在城里头,想你想在心里头**"(何其芳、张松

---

① 阳婆婆,方言,即太阳。

如编辑《陕北民歌选》第111页);甚至可以末尾三个字分别对应同韵,如"**百灵子过江沉不了底,三年二年忘不了你**"(何其芳、张松如编辑《陕北民歌选》第111页)。这种两三个字对应押韵的小节,押韵字可以相同也可以不同,无固定格式,较为随意。

有研究者认为民歌的兴句中"如果句尾是个语气词,就在语气词前边的那个字押韵"①,这一点对于信天游词文本而言是不成立的。在信天游词文本中,语气词也是可以押韵的,如"**三根(你)麻柴搭软(噢的)桥,亲人(呀)不来(你)霜杀了**"(《陕北民歌大全·上册·430》)该节中,兴句中的语气词"了"与正句中的"桥"押韵,发上声 liao 音。

(2)句中同字或同音

这类兴句与正句句尾虽不押韵,但是上下两句中有一二个字或是完全相同或是形异而音同,读来仍很上口。如:"**大红果子香水梨,不想你来再想谁。**"(何其芳、张松如编辑《陕北民歌选》第111页)"**石榴儿花开石榴儿红,半路地哄人好狠心。**"(何其芳、张松如编辑《陕北民歌选》第117页)再如:"**半崖上开花半崖上红,半路上撂人火烧心。**"(何其芳、张松如编辑《陕北民歌选》

---

① 参看许钰:《民歌中的比兴》,见中国民间文艺研究会上海分会、上海文艺出版社编:《中国民间文学论文选(1949—1979)》(中),上海文艺出版社1980年版,第168页。

第 117 页）

有时，上述两种情况会同时出现在信天游词文本中，如"<u>石榴榴</u>开花<u>石榴榴</u>（那）<u>熟</u>，实心（那）<u>留</u>哥哥<u>留</u>（呀）<u>留</u>不<u>住</u>"（《露水地里穿红鞋——信天游曲集·146》）。如笔者下划线所标示，兴句与正句不但尾字押韵，并且句中也有字同音。许钰认为歌者"也许是感到在内容上没有关联，仅仅句尾押韵，上下句之间的联系不够紧密"①，所以才会同时采取这种句中的呼应。对此，笔者并不认同，此处暂不深究，下文再行讨论。

前文中，笔者曾将"兴之诸说"大致分为三类，至此已将前两类在信天游词文本中的使用情况做了介绍。对于第三类，即"兴"兼有直陈寄托和发端限韵之意，笔者对前两类的分类讨论亦可视为对它注说的示例，故不再单独分析。这里需要注意的是，有时同一组兴体中既有内容的关联也有声韵的关联，如笔者在"直陈"兴法的讨论中所举的例子基本也满足同韵的条件，所以笔者的分类法，只是一种便于阐述问题的方式，不能以之为依据对具体的兴体做非此即彼的划归。

---

① 参看许钰：《民歌中的比兴》，见中国民间文艺研究会上海分会、上海文艺出版社编：《中国民间文学论文选（1949—1979）》（中），上海文艺出版社1980年版，第168页。

3. 兴句、正句无关音义

在《陕北民歌"兴"的修辞效果》①一文中,任海燕认为陕北民歌中的发端之"兴"虽与语意无关,但可以营造情绪氛围、酝酿感情基调,换言之,都是带有感情色彩的。与此同时,出于"填补漏洞"的考虑,作者特别讨论了两个特例:一例是感情色彩相对正句而言趋于中性的兴句"羊肚子手巾三道道蓝"——"因为无论在意义上还是情感上都与下句毫无联系,它可单独拿出来在押韵的前提下任意使用……虽然暂时还难以找到相关资料,但这样的起兴句最初的出现应该还是和意义内容或是情感铺垫相关的……"②;另一例是感情色彩完全与正句相反的例子——"起兴的'他物'所表达的感情与下文不一致,其修辞效果就适得其反,让人觉得莫名其妙。现今流传的《老祖宗留下个人爱人》开头两句:'六月的日头腊月的风,老祖宗留下个人爱人。'六月的日头毒辣,腊月的寒风刺骨,表达出的感受和'人爱人'谬以千里,与整首歌的氛围也相悖。从感情和气氛的一致性上来判断,这首歌的歌词可能是误唱或误传。"③笔者认为,无论语意也罢、感情色彩也罢,实质都是就兴句和本句内容关联的讨论。作者本意将"感情色彩论"这一"内容说"贯

---

① 该文题目虽为"陕北民歌",其内容实际上只涉及陕北民歌中的信天游词文本。参看任海燕:《陕北民歌"兴"的修辞效果》,载《榆林学院学报》2008年第5期。
② 任海燕:《陕北民歌"兴"的修辞效果》,载《榆林学院学报》2008年第5期。
③ 任海燕:《陕北民歌"兴"的修辞效果》,载《榆林学院学报》2008年第5期。

穿到底,但这两个特例的存在却迫使作者不得不做出解释。对第一个例子,作者尚可以在"感情色彩论"无能为力之时介入"声韵限制论",但对于第二个例子,却是连"声韵限制论"都不能满足的,只好揣测为讹传。姑且不论作者在这里前后界说标准的不一,单就其所面临的窘境和两个例子的存在而言,笔者以为,这实质上反映了一个问题,即"单纯的内容关联说""单纯的声韵关联说"和兼容二者的"音义关联说"都不能完全解释信天游词文本中所出现的多样的兴法。有一些兴法是既无关内容又无关声韵的,并且事实上,在笔者使用的资料中,这样的特例还为数不少。例如:

> 羊肚子手巾三道道红,劝了你的耳朵劝不了你的心。(鲁迅艺术文学院编《陕北民歌选》第32页)
> 山丹丹开花背窊里红,先交人才后交心。① (何其芳、张松如编辑《陕北民歌选》第91页)
> 东山韭菜西山葱,二妹子好像穆桂英。(何其芳、张松如编辑《陕北民歌选》第94页)
> 大河里担水水不清,哥哥走了不好盛。(何其芳、张松如编辑《陕北民歌选》第103页)

---

① 山丹丹,即野百合花。花朱红色,根似蒜,茎很长,叶似柳叶,旧五月间开花。背窊,山的背面,不见阳光的地方。这两句一作"一碗碗凉水冻成冰,先挑你人才后挑你的心"。此为原选本注。

仰起头来星星稠,人人把我太挖苦。(何其芳、张松如编辑《陕北民歌选》第119页)

大河担水水嘟嘟,倒灶鬼媒人迷戏①我。(何其芳、张松如编辑《陕北民歌选》第123页)

糜子开花碎穗穗,你看我男人愁傻气。(何其芳、张松如编辑《陕北民歌选》第126页)

山丹丹花儿背洼洼红,我劝我男人打日本。山丹丹花儿背洼洼红,我劝我男人参加八路军。(《陕北民歌大全·上册·104》)

白格生生蔓菁墙背后种,这回走了(那个)无远近。(《陕北民歌大全·上册·106》)

大红(的)糜子(是)黄腿腿谷,想和妹妹交往(是)认不(呀)得(亲亲)。(《陕北民歌大全·上册·159》)

荞麦(你哟格)开花秆秆红,一挑你(的个)人品二挑你心。(《陕北民歌大全·上册·239》)

白格生生蔓菁墙崖根种,因为照你把人丢尽。(《陕北民歌大全·上册·286》)

山丹丹(那个)开花(那个哎咿)背洼洼(上)红,你看见(那个)哥哥(呀哥哥妹子哟哎呀咋)哪达儿亲。

---

① 迷戏,欺骗,捣鬼的意思。此为原选本注。

(《陕北民歌大全·上册·301》)

……

　　类似的唱词还有不少,篇幅所限,笔者不再一一列举。不难发现,这些兴体的兴句与正句之间既没有内容上的关联,也没有声韵上的关联,甚至还可以一兴多搭,任意组合(如笔者加点句)。笔者在第三章第一节讨论信天游词文本中小节之间的弱关联或无关联时,曾提到的小节内部以分句为单位的弱关联或无关联情况,即指此类。相对于诸家对"兴"内涵的注说而言,它们无法被划入笔者前文所提到的任何一类,可以称得上是诸说中的例外。诸说已纷繁难辨,今又有此特例,"兴"义何为?又缘何若此?笔者将在下一节中继续分析。

第二节　信天游词文本中多样"兴"法的成因

　　在上一节中,笔者着意于现象的描述,初步介绍了信天游词文本中"兴"的使用情况,并提供了一种现有"兴"说都不能满足的特例——无关音义之"兴"。本节中,笔者将以兴法的多样性为切入点,进入对现象成因的追问。首先,笔者拟借鉴索绪尔的语言学理论,对现有的一些成因说进行检讨;然后,寻求诸家"兴"解的可通约之处,提出笔者的成因观,进而尝试对"兴"的内涵做出新的理解。

一、既有成因说的检讨

也许依照常理,有内容关联的兴体具有天然的合法性,不证自明,无须问其成因;而无关音义的兴体又在统计学的意义上处于绝对的劣势,未能进入研究者的视野。所以笔者所了解的既有成因说基本上都是针对发端限韵之兴的。以下,仅简撷一二。

朱自清曾就这类兴体在歌谣中"迫切与普遍"[①]的原因做如下解释:

> 一是我们常说到的歌谣是以声为用的,所以为集中人的注意起见,有从韵脚上起下文的现象。二是一般民众,思想境阈很小,即事起兴,从眼前事物指点,引起较远的事物的歌咏,许是较易入手的路子;用顾先生的话,便是要他们觉得不突兀,舒舒服服听着唱下去……因为一个意思,不知从何说起,姑就眼前事物先行指点,再转入正文,便从容多了。"山歌好唱口难开"的句子不独苏州有,四川酉阳也有(见前),甚至僮歌里也有(见苗志周《情歌》),可见这种作始的困难是很普遍的。这种

---

① 朱自清:《中国歌谣》,复旦大学出版社2004年版,第190页。

起兴的办法,可以证明一般民众思想力的薄弱,在艺术上是很幼稚的。所以后来诗歌里渐少此种,六朝以来,除拟乐府外,简直可以说没有兴。而论诗者仍然推尊比兴,以为诗体正宗,那一面是因传统的势力,一面他们所谓兴实即是一种比,即今语所谓象征;这是一直存在的。且不必远举例,就说《楚辞》吧。洪兴祖《楚辞补注》说:"诗之兴多而比赋少,《骚》则兴少而比赋多。"这可见艺术渐进步,那里粗疏的兴体,便渐就淘汰了。①

在这段文字中,朱自清总结了两点原因:一者民歌以声为韵,故若不重义,则必重声;二者无关内容之兴是一般民众思想贫乏、艺术创造力低下的产物,随着艺术的进步,这些"粗疏的兴体"也必将渐渐淡出直至被完全淘汰。姑且不论第一条观点对于既无关内容又无关声韵的兴体是全无法解释的,单就第二条理由而言,以信天游词文本为例,发端限韵之兴与关乎内容之兴在数量上大致相当,有学者考证,信天游兴起的时代,不会晚于元末明初②,然而,历经数百年光阴淘洗,在我们今天所采录的资料中,二者仍共同存在于文本当中,全无"进化"之势。这一点,不能不

---

① 朱自清:《中国歌谣》,复旦大学出版社 2004 年版,第 191 页。
② 参看高杰:《陕北信天游源流疏》,载《延安大学学报》(社会科学版)1998 年第 4 期。

令我们对朱自清的艺术进化论产生怀疑。况且,如果民众艺术创造力贫弱,那么同期同为民众所创造的与内容有关联的兴体又当作何解释呢?

后来的一些研究者也有从朱论中衍生的类似解释:"'起兴'是一种感性的直觉,不含理性,不是一种认识活动,反映出人们思维能力的薄弱,从人类学的角度来看,'起兴'的思维方式比较贴近原始思维。'起兴'的起句与应句作为两个语言单位(句子),只有'音响'关系,不表示任何概念,没有推理判断。这种语言结构与不含理性的非认识活动是一致的,恰好也反映出思维能力的薄弱,反映出'起兴'的思维方式比较贴近原始思维。另外,从艺术上看,'起兴'也比较幼稚,它只是从语势上引起下文,没有创造出一定的艺术形象激起人们广泛的想象,它还只是'兴'的初级形态。传统信天游保留着大量'起兴'的实例,从中不难看出其思维能力的薄弱以及艺术上的幼稚。"[①]但同时,他们也意识到了朱自清进化论之说与信天游词文本中多样兴体共存现状之间的矛盾,并试图对其进行补充说明,认为:"显然,二者是不同历史时期的产物,'起兴'是'兴'的初级形态,'比兴'是由'起兴'

---

① 参看刘肖杉:《从信天游之"兴"透视〈诗经〉"兴"之本真形态》,载《陕西师范大学学报》(哲学社会科学版)2007年第4期。相同的观点,参看刘育林:《信天游"兴"简论》,载《延安大学学报》(社会科学版)2008年第4期。

发展演变而成的'兴'的富于艺术性的高级形态。信天游的'兴',从初级形态'起兴'到高级形态'比兴',不是取代而是同时并存,这一方面表明了陕北的封闭与落后,另一方面证明了深深植根于陕北黄土高原的'起兴'的历史悠久、根深蒂固。"①这种补救之说仍显乏力,最后研究者索性将"兴"定义为"两个不同历史层面同时并存"的"历史范畴"。②

20世纪最著名、影响最深远的语言学家之一索绪尔曾经对语言学做过"内在的"和"外在的"(或翻译为"内部的"和"外部的")的区分。在《普通语言学教程》一书中,索绪尔用国际象棋的例子对这两个概念做了这样的辨析:"国际象棋由波斯传到欧洲,这是外部的事实,反之,一切与系统和规则有关的都是内部的。例如我把木头的棋子换成象牙的棋子,这种改变对于系统是无关紧要的;但是假如我减少或增加了棋子的数目,那么,这种改变就会深深影响到'棋法'。"③索绪尔认为,影响语言活动的外在性因素有很多,如民族、政治、历史、各种社会制度(如教会、学校等)、地理等等,但这一切都只是跟语言的组织、语言的系统无关

---

① 参看刘育林:《信天游"兴"简论》,载《延安大学学报》(社会科学版)2008年第4期。
② 参看刘肖杉:《从信天游之"兴"透视〈诗经〉"兴"之本真形态》,载《陕西师范大学学报》(哲学社会科学版)2007年第4期。
③ [瑞士]费尔迪南·德·索绪尔:《普通语言学教程》,高名凯译,商务印书馆1980年版,第46页。

的东西,换言之,不会变更语言这部象棋的棋法。语言是一种共时性的符号系统,语言学的研究对象应该是这个系统本身,即自在自为的语言本身,这一研究应致力于"寻求在一切语言中永恒地普遍地起作用的力量,整理出能够概括一切历史特殊现象的一般规律"①。对于文学,我们也应有类似的内、外区分意识。信天游作为民间文学的一种体裁,是一种自我生长、自我发展的有机体,是一种纯粹的形式,无论是将之视为一种历史范畴还是以陕北地理上的封闭解释其兴体成因,都只是在文体事实的范围内寻求因果关系而已,并没有触及这一形式本身,因为历史语境中具体的因果关系绝非普遍的因果规律。如果说,朱自清尚算有意从民歌自身发展规律对发端限韵之兴加以解释,那么试图对朱论加以弥补的研究者则可以说是完全深陷于民歌的外在性因素中却仍浑然不觉。

  这里,笔者再补充一点,即使是朱自清也在实际上陷入了本着内在性的初衷却得出了外在性的结论的尴尬境地。他的研究并没有排除实践的主体,并且在他试图探究民歌自身客观规律的同时已经对民歌的实践主体——一般民众先行进行了艺术力低下的价值判断,这样一来,也就不可能对民歌内在的规律做出绝

---

① [瑞士]费尔迪南·德·索绪尔:《普通语言学教程》,高名凯译,商务印书馆1980年版,第26页。

对客观的判断。对此,吕微有过一段精彩的表述:"文学的确难以脱离主体而存在,我们常说'文学是人学',但是,我们的文学研究在相当长的一段时间里一直坚持要在文学史中发现文学自身发展的客观规律,站在索绪尔对'内在性'和'外在性'加以区分的学术立场看,这就是一个矛盾(历史中具体的因果关系绝非普遍的因果规律)。也就是说,如果当文学的主体处身于文学史的活动之中,而文学主体又不可能不做出价值判断,于是面对已做出了价值判断的文学主体及其投入的文学活动,一旦你不能截然划分文学的活动与文学的规则,你也就不可能对文学的内在性规律做出客观性的判断,因为你的研究首先就无法趋向于无主体的、非价值的也就是真正属于客观性的对象。至少从索绪尔的立场看就是如此。"[①]除此而外,根据吕微对索绪尔基于经典认识论视野内的问题所做的解释学的转换,研究对象并不是自在存在的等待研究主体去发现它具有的性质、意义等,而是有了研究主体的问题意识和观点,才有了研究对象,即"在生活世界中,学术研究的对象无处不在且混沌未分,而学科对象被划归各个学科的研究范围端有赖于研究主体的辨认和分解。是研究主体的问题意识照亮了被研究的对象,使研究对象从混沌的黑暗中显现出来。就连坚持经典认识论的索绪尔也早就意识到:'不是对象在观点

[①] 吕微:《"内在的"和"外在的"民间文学》,载《文学评论》2003年第3期。

之前,是观点创造了对象'。"①朱自清对于民歌的研究一定是基于某种问题意识,譬如他就曾经坦言在民间文学领域,西方的影响如此强烈,迫使我们不能不追随之②,民族主义的情结自然也就内化在了研究当中,换言之,研究主体将自身语境化的问题意识引入研究对象将不可避免地导致研究的外在性。

二、基于自由意志的兴体任意③关联说

从笔者前文所述的现有兴体成因说来看,解释者基本只针对某一种具体的兴体来对它的成因进行"外在性"的解释,而缺乏"内在性"的对兴体多样化原因的关照意识。隐藏在这种状况之后的,是"着眼于兴体具体关联对象的内涵注说方式"面对"实际文本中多样化兴体"的力不从心。有鉴于此,笔者拟采取一种不同于以往的观照方式,对"兴"的内涵及其多样化的成因做出新

---

① 吕微:《"内在的"和"外在的"民间文学》,载《文学评论》2003年第3期。
② 参看朱自清:《歌谣与诗》,载《歌谣》周刊第3卷第1期,1937年4月3日。
③ "任意性"这一表述,是借自索绪尔的语言学理论。索绪尔认为,语言符号联结的不是事物和名称,而是概念和音响形象,它是一种两面的心理实体。我们用所指代替概念,用能指代替音响形象,则能指和所指的联系是任意的。换言之,符号具有任意性原则,但这种任意性又绝不等同于说话者个体的自由选择,而是以社会群体的约定俗成为基础的。当然,与索绪尔所言的任意性内涵不同,笔者在此仅是借用这一表述词而已。参看[瑞士]费尔迪南·德·索绪尔:《普通语言学教程》,高名凯译,商务印书馆1980年版,第100—105页。

的诠释。

　　对于诸家赋予兴的解释,笔者想到了盲人摸象的寓言,这里需要声明的是,笔者绝无对既往研究者的丝毫不敬之意,只是就事论事的感慨而已。我们发现无论是内容关联说还是声韵限制说,抑或两者兼而有之的音义关联说,每一种注说都可以找出无数例证来支撑自己,谁也无法将余者彻底驳倒。既如此,我们是否可以换种角度? 可能它们都是存在于兴体之中的,也就是说,诸多注说都是兴的内涵,但都只是兴的某一个侧面,只有把这些侧面联合起来,形成一个多侧面多角度的立体图形,才是完整的兴义之解。譬如盲人摸象,各家都只看到了"兴"这只大象的一个部分,便迫不及待地将自己完全淹没在了这一部分的例子当中,不见全象。这里,笔者所言的多侧面立体图又绝不等同于以朱自清为代表的结合音、义的双重关联说,因为这种简单的结合依旧是针对具体关联对象的,其有效性仅限于没有新的关联对象出现之前,比如,它就无法解释笔者所提供的特例。而笔者此说,意在彻底转变对兴体内涵的解释方法,使之由一种拥有具体、实在对象的关联指涉,转变为一种动态的关系的描述,只有这样,才能保证兴体内涵的开放性和恒久有效性。

　　在笔者看来,这种关系就是兴句与正句之间关联的任意性。这种任意性是上述多角度立体图形得以存在的保证,也是各家之说可以通约的基础,它囊括了兴句同正句之间音、义上的任何一种可能出现的关系——它们可以内容相关,也可以声韵相关,可以音义都有关,亦可以音义全不相干,总之任何一种情况的出现都具有其合法性。从这个意义上说,兴句与正句之间的无关联才是本质,而关联只是巧合,尽管它并不占据统计学意义上的优势。如此一来,信天游词文本中出现的多样兴法,尤其是笔者所列出的无关音义的特例,便都拥有了合理的解释。笔者前文对许钰关于"'句中同字或同音'的兴体是为了密切上下句联系"的认识有不同意见,也正是基于这一点。

但是,仅追问至此是不够的。我们知道,任意性意味着无限多种可能,而对于信天游词文本来说,最终成为事实的"兴"只有一种可能,即每一组我们在资料中所见到的兴体。对这唯一成为事实的无数可能性之一,我们继续追问——不难发现,在经验的世界里回溯因果链条,即使你穷尽所有的原因,仍然不能保证这种选择的必然。我们无助地在自然因果的世界里漂泊,手执一个事实去叩问一个又一个别的事实,却始终找不到安全可靠的终极原因,直到我们追溯至人。为什么?因为人固然依附于自然的因果性,但人也依附于自由的因果性。从无到有创造每一组兴体的是人,从无限种可能性中做出一种选择的也是人。斯人是具有自由意志的人!正是因为这种自由意志的存在,才使得包孕无限种可能性的开端径直指向了那唯一的事实。自由因不是自然因系列,但它却是一切经验世界因果链的前提。它摆脱了一切机械因果性的约束,不依赖于现象世界一切可能经验的显现的因果序列;它可以"无中生有",开出一个因果链条。至此,我们终于可以为上述任意的关联找寻到一个终极的原因,而笔者对兴内涵的理解也就此导引而出——兴是一种基于自由意志的音、义任意关联,它不是一种实体的指涉,而是一种关系的表述,这种关系存在于兴句与其所对应的正句之间。

在这一章中,笔者首先对古今"兴"内涵的注说加以梳理,将其大致分为三类——关乎内容之兴、关乎声韵之兴和两相关联之兴;随后,通过信天游词文本中兴的实际使用状况对这三类注说加以考量,发现信天游词文本中存在着一种现有兴义都无法诠释的特殊兴体,它既与内容无关,亦不关乎声韵。由此,笔者进入了对兴体多样化现象成因的追问,在借鉴语言学家索绪尔的语言学理论对现有的原因推论进行检讨之后,提出了笔者的任意关联成因说,从而予以"兴"的含义以新的界说。

结　　论

　　前面三章,我们分别探讨了二人世界、非叙事性以及兴体任意关联三种文体现象,当然信天游词文本中还存在诸如顶真①、夸张、对比等体裁差异较少或个人色彩较浓的文体现象,由于问题意识的关系,笔者只好略去。前文所述三种文体现象均是形成信天游词文本体裁的重要文体因素,分别为信天游词文本增添了不同于其他民歌的体裁特征。尽管如此,这些文体现象原则上仍然是不同体裁之间可以并存或者共享的,所以如果仅仅凭借其中一两种文体现象来识别体裁,必将导致体裁区分的混乱。这里,重要的是,在信天游词文本中,这些文体现象并非孤立存在,而是统一在信天游词文本的名称之下,相辅相成,相互渗透,共同构造出信天游词文本的体裁特征。多种文体现象集中出现在信天游词文本中,这就不能说是偶然了,它们之间自然存在着共同的基

---

① 即前一句结尾的语词用作后一句的开头,使衔接的句子头尾蝉联而有上递下接趣味的一种措辞法。

础。作为本书结论,笔者拟先把前文分别讨论的单一文体现象结合起来,从总体上对信天游词文本的体裁特征加以把握,并对绪论中提到的"部分资料对信天游归类不当"的问题做出回应;在此基础上,进一步思考诸如体裁的超时空性、形成原因等与本书论题密切相关的问题。

一、信天游词文本的体裁特征

在前面的分析中,笔者曾多次提到小调词文本对歌者没有任何预设,是唱给任意一个陌生人听的,它不是为了抒怀,而是为了叙事,为了把一个故事告诉不知道这个故事的人,所以,歌者不需要听歌的人做出任何的回应,也没有与之对话的意愿,他只是想把事件的来龙去脉叙述得明白、精彩。为此,小调词文本坚守第三人称的指称、被嵌入时空框架的人物和行为、小节间紧密的语意关联、统摄内容的歌名、便于歌者构思也利于听众把握事件的叙事性重复……以完成自己叙事的使命。从某种意义上说①,小调词文本的体裁形式是不大自由的,因为歌者与所唱述的对象或听歌的人处于主客分离的二元对立当中,客体或是被主体唱述、反映的对象,或是完全被动的接受者。由于受制于时空、环境、对

---

① 此处是相对的意义而非绝对的意义,参看本书第147页对这一点的补充说明。

象和因果性,主体难以获得真正自由的存在。

　　而信天游词文本的体裁形式显然要自由得多。西村真志叶曾引波琳戈之语把形式解释为"其内在本质符合规律的素材更高层次的状态"①,若是如此,那么我们最终要把握的体裁特征便是那些单一的文体现象综合作用形成一种特定形式所倚赖的共同规律②。笔者认为,本书之前所讨论的所有文体现象都可以在"自由"这一点上找到通约的公约数。换言之,信天游词文本的诸多文体现象统一在自由的基础之上塑造了信天游词文本的体裁形式,从这个角度讲,笔者暂以自由来概括信天游词文本的体裁特征。当然,这里的自由不是康德意义上给出道德法则的自由,它不涉及任何善恶的范畴,只是指一种特定的体裁所赖以形成的形式基础。并且,就体裁的同一性而言,自由也不等同于没有任何束缚,否则信天游词文本也就难以保持其相对稳定的体裁形式,因为没有束缚的自由不过是混沌一片罢了。

　　信天游词文本是"我与你"复数主体的对话,这个情爱的世界里没有宾词,也没有第三方的加入,无论"我"和"你"的称述词

---

① [德]威赫姆·波琳戈:《抽象与情感投入》,日文版,第54页。转引自[日]西村真志叶:《中国民间幻想故事的文体特征》,中国社会科学出版社2018年版,第106页。

② 参看[日]西村真志叶:《中国民间幻想故事的文体特征》,中国社会科学出版社2018年版,第106页。

是显在的还是隐在的，它们都确然无疑地存在并构成了一种对话的关系场域。这个关系场褪去了人的角色，抹去了时空的背景，超越了历时的语境，永远都是面对面的当下和在场，"我"和"你"无分主客、没有隔阂、无所羁绊、自由对话，共同创造了信天游这一民歌体裁。"我与你"的情歌是自由世界的恋歌。

信天游词文本的小节独立、闭合，分合自由，小节间内容上呈弱关联或无关联状态，可以一节多搭，任意组合；因为小节间内容上没有必需的承启关系，所以，词文本的长度亦无限制，可长可短，随时可停可歇，自然单元容量不闭合，全凭歌者的意志自由起止；歌名或者没有，或者由采录者任取一句为名；任意关联使之无法承担叙事的功能，故其重复多是抒情性的字的重复，而非叙事性的语句重复。自由是信天游词文本非叙事性这一文体现象的最终落点。

信天游词文本钟爱兴法，但兴的内涵，由来众说纷纭，而信天游词文本中的兴体更是出现了诸说之外的特例。笔者对现有成因说予以检讨之后，对兴重新进行定义，将其解为兴句与正句之间在音义上的任意关联。无疑，唯自由才能为这种任意关联的存在提供保障。

在笔者看来，自由像一条丝线，诸多文体现象经由它而串联起来，聚集在了信天游词文本的名称之下，可以说，它是代表这一体裁的基调词。也就是说,信天游是一种以婚恋为主要素材,两句一节,具有先在的对话关系,由"我与你"共同创造的,长于比兴的非叙事性自由体民歌。它的文体现象,并非来自内容题材,若单就此而言,它与小调词文本别无二致,但是面对相同的内容,二者却呈现出截然不同的体裁特征,其重要原因之一便是歌者在唱述时凸显了自由的维度。这种自由的体裁形式,既不是艺术创造力低下的表现,也不是陕北的封闭落后的产物,而是人类自由天性的折射。至此,笔者已完成对信天游词文本书体现象和体裁特征的讨论,在此基础上,拟对绪论中提到的几个问题做出回应。

第一,笔者曾提到一些研究者认为信天游多唱在山野,小调则多流传于城镇,反映的阶层亦有不同,二者之间是山野之曲和里巷之曲的区别[①]。王克文从经济状况、反映内容和语言三方面驳斥了该论,认为差别在于体裁形式,即前者是"散曲",而后者是"'成章'的民歌"[②]。笔者赞成关于本质区别在于体裁形式的看法,但是,王著驳斥地域、内容决定论的角度在笔者看来仍是外在的,无关形式,并且对二者体裁特征的总结也有待充实。鉴于

---

① 参看吕政轩:《陕北民歌艺术论》,宁夏人民出版社2004年版,第5页;吕静:《陕北民歌概述》,载《宝鸡文理学院学报》(人文社会科学版)1997年第4期。
② 参看王克文:《陕北民歌艺术初探》,中国民间文艺出版社1986年版,第232—233页。

本书已对二者体裁形式进行对比讨论，易知两者差异，故此处不再赘述。

第二，笔者曾指出，本书使用的部分资料对信天游的归类是不恰当的，这主要集中在《陕北民歌大全》中。（1）笔者认为，这一选本中的"山曲"（即《陕北民歌大全·上册·436—549》）也具有前文所述的所有文体现象，符合信天游词文本的体裁特征，故应归入信天游一类，而不应单独列出（笔者下文还将对山曲做进一步的讨论）。（2）该本中有几首民歌《蓝花花》（《陕北民歌大全·上册·363》及当页所附"同曲异词"），分别选自《陕甘宁老根据地民歌选》和何其芳、张松如编辑的《陕北民歌选》，两个原选本都将《蓝花花》与信天游区别开来，而《陕北民歌大全》却将其列在了信天游类中。当然，也不独《陕北民歌大全》如此，一些民间文学概论也把《蓝花花》称为"最有代笔性的信天游名篇"[①]。之所以会出现这种体裁划归的分歧，是因为《蓝花花》在通篇"我与它"的叙事性唱述中，突然加入了几节含第二人称的非叙事性唱词，即笔者绪论中提到的"借词"现象[②]。笔者认为，《蓝花花》

[①] 黄涛编著：《中国民间文学概论》，中国人民大学出版社2004年版，第282页。

[②] 对于这种现象的产生，王克文认为："那只是由于演唱者的记忆差错或有意借调的缘故。"参看王克文：《陕北民歌艺术初探》，中国民间文艺出版社1986年版，第233页。

系民间传说改编①,并非歌者由自己心的抒怀,且总体而言,对听歌的人没有预设并有完整的故事情节,这几小节特殊的唱词其实与本书第二章第一节中分析的《小寡妇上坟》情况无异,第二人称的出现只是歌者增强了表演意味的角色分饰而已,这样的应答不过是在采用对话的形式迂回曲折地表达自己,并不能构成真正关系意义上的对话,与笔者所总结的信天游词文本体裁特征不符,故仍应从原选本归入小调一类。(3)笔者在绪论部分和本书的第一章第一节中,都曾提到一首较为特殊的民歌,即佘步英所唱的《想起我男人背地里哭》②。选本将其划入了信天游类,而笔者认为,歌者创作此曲的初衷并非基于"我与你"的对话关系,而是为了宣传丈夫的英雄事迹,诚如歌者所唱"**人家革命闹成功,我们闹革命也落好名。提起名来也有名,提起姓来也有姓。我男人名叫张振川,我的名就叫佘步英**",而且词文本的小节之间内容关联较为紧密,讲述了一个完整的事件,有极强的叙事性,就这

---

① 《陕北民歌选》对《蓝花花》有如下注释:"关于'蓝花花'有这样一个传说,固临县临镇某村有女子名蓝花花,长得很美,被地主周家娶去,她不满意,以后和别的男子恋爱过好几次。各处传唱,词句各有出入。我们这篇系根据临镇、延安、绥德等地采录稿写定。"参看中国民间文艺研究会主编,何其芳、张松如编辑:《陕北民歌选》,新文艺出版社1952年版,第27页。也可参看鲁迅艺术文学院编:《陕北民歌选》,新华书店1950年版,第67页。

② 参看本书第24页"所用部分资料中体裁归类不当的说明"之三和第29页注释③。

两点而言,它更接近小调,虽然它的歌名具有任意性。或者更严谨地说,它不属于本书意义上的信天游,不宜归入信天游类。

此外,笔者还需要补充的是,在实际情况中,少数具体文本与笔者所总结的文体现象往往不是严丝合缝地对应,比如,个别信天游词文本中会有极少的语句性重复,而小调词文本中也偶有非叙事性的段落。但是,只要我们站在体裁的高度便不难发现,信天游的歌者对笔者所述三种文体现象的把握是具有较为显著的一贯性的,在本书的众多资料中,歌者都不约而同地对听者进行预设,文本呈非叙事性,从中我们似乎能感觉到歌者和预设的听者之间塑造、保持、接受某种特定形式的意志。

二、体裁的超时空性

1. 超时间性

鲁迅艺术文学院所编《陕北民歌选》将所选民歌分为五辑,第一辑即为"信天游",但是在第四辑"刘志丹"中,又将"信天游"作为该辑下的子目录之一单独列出,这部分居于目录二级标题的信天游词文本共46节,并按照内容被大致分成了9个部分①。何其芳、张松如编辑的《陕北民歌选》以鲁艺本为底本,分类体例与

---

① 参看鲁迅艺术文学院编:《陕北民歌选》,新华书店1950年版,第218—225页。

此完全相同①。

为什么会出现这种类目"混乱"的情况呢？因为两个选本都采用了以内容为主，同时模糊地兼顾体裁特征的分类方法。何、张选本凡例中的一段文字可为笔者这一看法的佐证，其语云："本选集共分五辑，前三辑为旧民歌，后二辑为新民歌。有个别民歌虽可能作于革命政权已建立后，但其内容完全是反映旧社会的生活者，仍分别编入前三辑中……第四辑'刘志丹'，包括革命民歌二十四首，新内容的'信天游'四十六首②，差不多全是土地革命时期的新民歌。"③不难看出，编者已经意识到了信天游是一种不同于其他民歌形式的独立体裁，故将其单独列出，但由于其主要以"外在于体裁"的时间为分类标准，或者更确切地说是以"对内容进行政治史划界"为分类原则，根据民歌词文本内容所反映的不同历史背景，信天游就不得不被裁成新旧两类，以不同级别的类目两次列出了。而根据笔者的考察，笔者前文所述的诸多文体现象和体裁特征对这部分信天游词文本仍然是适用的。不仅如此，在其他选本中，也有许多类似的所谓"反映新时期"的

---

① 参看中国民间文艺研究会主编，何其芳、张松如编辑：《陕北民歌选》，新文艺出版社1952年版，第194—200页。
② 该本此处所说的"四十六首"实是四十六节，并且如笔者前文所述，信天游是不能论"首"的，参看本书第三章第一节。
③ 中国民间文艺研究会主编，何其芳、张松如编辑：《陕北民歌选·凡例》，新文艺出版社1952年版，第1—2页。

信天游,如"一杆杆的红旗呼啦啦的飘,当红军的那哥哥(呀)回来了。一对对的鹁鸽一对对的鹅,一对对的毛眼眼照哥哥。一对对的秋蝉树上(的个)落,红军哥哥你不要忘了我。你当你的那红军(哟)我劳动,咱二人一心闹革命"(《陕北民歌大全·上册·335》)。它们也完全符合本书所概括的信天游词文本的体裁特征。

故此可见,信天游词文本的体裁形式具有超时间性。

2. 超空间性

长久以来,山曲、爬山歌(或爬山调)、信天游(或顺天游)这三个名词的定义一直模糊不清,存有争议。

既往研究大多以地域为体裁划界,认为山曲、爬山歌(或爬山调)、信天游(或顺天游)分属于晋西北、内蒙古绥远、陕北地区,虽然承认其十分相似并有着密切的关联,但仍以之为不同的民歌体裁。例如:"爬山歌的形式基本上是两行一段体。它和陕北的信天游同属一种类型。但,它们毕竟是产生于两个不同的地区,因此,它们所反映的社会生活内容和乡土风味儿是不可能相同的。"[①]河间山曲:"从形式上去研究,它与内蒙古、陕西的民歌

---

① 韩燕如编:《爬山歌选》(下),中国民间文艺出版社1983年版,第255—256页。

有着密切的关联"①,"由于山西西北一带劳动人民的'走西口'生活,使两地(晋西北与内蒙古)民歌得到广泛的交流"②。"爬山调和信天游同属于西部地区的民歌体裁,具有许多共同之处。如都采用两句一组,每句字数不限,多用比兴的手法,并在歌词中出现大量的方言土语等,使其均具有浓郁的乡土气息和地方特色。同时,由于地理环境、风土人情、风俗习惯的不同,两者又存在一定的差异。"③但是,这种地域分类法常常因不同的人对地域范围的指涉不一或重复指涉而导致体裁区分的混乱:以山曲为例,一般以晋西北来定义山曲,但《陕北民歌大全》中就将其解释为"流行于陕北东北部神木、府谷一带的山歌"④;而黄涛先生编著的《中国民间文学概论》又视之为区别于信天游但等同于爬山歌的体裁,并分作两类分别加以介绍,定义如是:"流传在内蒙古西部和晋陕北部的一种山歌,当地叫'爬山调'或'山曲'"⑤,"陕北地区

---

① 中央音乐学院中国音乐研究所编:《河曲民间歌曲》(调查研究专辑),音乐出版社1956年版,第2页。
② 中央音乐学院中国音乐研究所编:《河曲民间歌曲》(调查研究专辑),音乐出版社1956年版,第117页。
③ 姜晓芳:《爬山调与信天游之比较》,载《内蒙古大学艺术学院学报》2008年第4期。
④ 榆林市文化文物局编,霍向贵主编:《陕北民歌大全》(上册),陕西人民出版社2006年版,第42页。
⑤ 黄涛编著:《中国民间文学概论》,中国人民大学出版社2004年版,第281页。

流传的山歌"①则是信天游,这种定义地域的不同或交叉使得体裁之间边界模糊,难以区分。

从笔者的分析中,我们已不难看出以地域定义体裁的局促。实际上,不单是地域,任何经验性的定义方式都有其局限性,它只能保证在一定的历时语境内有效,却不具有共时的有效性,故此,我们必须抛开这些经验性的可变因素,对相关资料②进行纯形式的考察。经过分析,笔者认为本书的研究立场在爬山调词文本和山曲词文本中也同样成立。试引几例以为证,例1(爬山调):"**阳婆婆落在山头里,串门门提上一根犁把手。走过你家门呀瞭见你家院,听见你的声音见不上你面。**"③"妹子唱曲儿洒镗镗音,好比归化城④的自鸣钟。"⑤"你不要唱那些'爬山调',你的心思我知道。"⑥例2(山曲):"走了三里退二里,尔⑦不下年轻的小妹

---

① 黄涛编著:《中国民间文学概论》,中国人民大学出版社2004年版,第282页。
② 韩燕如编:《爬山歌选》,人民文学出版社1953年版;韩燕如编:《爬山歌选》(上、下),中国民间文艺出版社1983年版;山西民间文学研究会筹委会编:《山西民间歌谣选》,山西人民出版社1959年版;马政川搜集整理:《麟州酒曲山曲集》(未公开出版发行)。
③ 韩燕如编:《爬山歌选》,人民文学出版社1953年版,第153页。
④ 归化城,即今呼和浩特。此为原选本注。
⑤ 韩燕如编:《爬山歌选》(下),中国民间文艺出版社1983年版,第5页。
⑥ 韩燕如编:《爬山歌选》(下),中国民间文艺出版社1983年版,第11页。
⑦ 晋西方言,扔下、撂下的意思。

妹……风尘尘不动树梢梢摆,牵魂线挂住走不开。喜鹊子落在电线杆,捎书书容易见面难。大红公鸡拴腿腿,多会儿才能见着你。"①不难看出,除了方言和具有地方色彩的地名、物象、称谓等,爬山调、山曲与信天游词文本不但拥有共同的根本形式,甚至有的字句都与信天游的一些词文本相差无几,有学者还就它们之间相互套用的起兴句做过专门的比较②。除此而外,尤其值得一提的是,笔者所用爬山歌资料的体例也与两本《陕北民歌选》完全相同,依内容分类,词、曲单独列出。韩燕如也曾在《爬山歌选·后记》中特别指出:"'爬山歌'每两句一首,是独立的,为了读者阅读方便,我们才按照材料的内容,分类排列。民间歌手唱的时候,也常有连贯的情形,但这种连贯也并不是固定的。"③可见,就词文本形式而言,信天游、爬山调、山曲是属于同一体裁的。笔者前文提出《陕北民歌大全》中的山曲应归入信天游类也正是基于这一认识。

事实上,持三者同体裁观点的研究者并不在少数,比如有研究者指出"信天游,在与内蒙接壤的地区叫'顺天游',在神木府

---

① 山西民间文学研究会筹委会编:《山西民间歌谣选》,山西人民出版社1959年版,第232—233页。
② 参看闫天灵:《"走西口"与晋陕内蒙古毗邻带民歌圈的生成》,载《西北民族研究》2004年第2期。
③ 韩燕如编:《爬山歌选》,人民文学出版社1953年版,第236页。

谷一带叫'山曲'"①。杨璀也有类似的表述:"由于交叉地区相互往来的影响,自然形成了各自不同的风格特色,并在称谓上有各自的习惯叫法。如神木、府谷和山西省的河曲、保德毗邻,沿用'山曲';和内蒙古接壤的,也有叫'爬山调'。在本集中通称之为信天游。"②但在笔者所掌握的资料中,对这一问题进行相关论证的却不多见。仅有的极少数论证也多从外在性视角切入立论,虽然其中不乏颇为细致的分析,但最后往往追溯原因至人口的历史性大规模迁移,就其本质而言,仍未摆脱地域决定论③。尽管如此,他们关于共性的研究依旧可在一定意义上佐证笔者的观点。

有鉴于此,笔者认为信天游词文本的体裁形式具有超空间性。

3.关于形式的消失

近年来,不少研究者对民歌的存在现状产生了强烈的危机感,认为传统即将不再,信天游面对新时期经济文化环境的冲击

---

① 王克文:《陕北民歌艺术初探》,中国民间文艺出版社1986年版,第231页。另参看吕政轩:《陕北民歌艺术论》,宁夏人民出版社2004年版,第5页。
② 杨璀:《陕北信天游述略》,见《露水地里穿红鞋——信天游曲集》,人民音乐出版社1995年版,第1页。
③ 参看李雄飞:《山曲、爬山调和信天游的共性研究》,载《兰州大学学报》(社会科学版)2004年第1期;闫天灵:《"走西口"与晋陕内蒙古毗邻带民歌圈的生成》,载《西北民族研究》2004年第2期。

行将散佚在漫天的黄土和历史的烟尘当中,并就此提出了一系列颇具悲情色彩的保护论。① 笔者无意对此进行臧否,只是觉得有必要就问题的前提做一简单的区分,同时借此完善笔者关于体裁形式超时空性的立论。

当我们谈信天游的消失时,首先应该明确我们是在什么层面上谈论"消失"的?是现象界的层面还是本体的层面?如果是前者,那么一切传统都既可以存在,也可以消亡,信天游亦不例外;可若是后者,则纯粹的形式是超越时空的,大可不必悲情若斯。换言之,信天游的消失与否,完全取决于研究者的问题意识和观照方式。这两个前提的区分其实也是两种不同学科意识的区分,即我们更关注的是历史的传统还是现实的意义。诚如吕微所言:"既然学科的对象存在与否以及如何存在以学科意识的存在为存在根据,那么,我们用怎样的意向方式看待对象,就决定了对象的命运甚至学科的命运。这就是说,学科的命运掌握在我们自己的意向方式的手里。从纯粹描述的立场看,经典的民间文学-民俗学的意向方式主要有两种:一是向身后看的方式,一是朝当下看的方式。向后看的人满眼都是即将消失的传统,因此向后看的

---

① 参看吕政轩:《陕北民歌艺术论》,宁夏人民出版社2004年版,第190—211页;胡友笋:《陕北民歌研究的现状与问题》,载《交响——西安音乐学院学报》(季刊)2008年第1期;尚飞鹏、林媛:《对陕北民歌演唱格式化以及造成审美疲劳等问题的批评》,载《音乐天地》2007年第2期。

人往往是一些悲观主义者、保守主义者（在此，悲观、保守都不是贬义词），于是，他们的主要工作目标就是保护、抢救这些即将消逝的文化遗产。而在那些盯住眼下的人看来，尽管传统的价值形式可能消失，但传统的意义内容却可以保持不变，所以，眼睛始终盯着当前的人往往是乐观主义者或与时俱进主义者，他们不但坚持说民间文学－民俗学不会自动消亡，而且会与人类社会的文化生活同在。"①

三、体裁形成的原因

西村真志叶在幻想故事的体裁研究中，曾引述丹麦民俗学者胡贝克（Bengt Knut Holbek）对奥尔里克叙事诗律的批评——"奥尔里克的研究立场，今天仍然可以成立。至于为什么存在叙事诗律这一问题，他的考察却没有太大的贡献"②，以说明讨论幻想故事体裁成因的必要性，笔者对此深以为是。同样，如果我们认为信天游词文本存在着相对稳定的体裁特征，那么，也就需要对这种体裁形成的原因进行追问。否则，本书所做的工作就不过是一些散在文体现象的机械综合而已，不具有内在的必然性。

---

① 吕微：《民间文学——民俗学的意向方式》，载《中国社会科学院院报》2006年11月9日。
② 转引自［日］西村真志叶：《中国民间幻想故事的文体特征》，中国社会科学出版社2018年版，第127页。

迄今为止,相关研究对信天游体裁形成原因的讨论可以大致概括如下:地域经济论、文化生态论、生活刺激论、性格论。前两种显然不能成立,因为无论地域经济还是文化生态,小调词文本都与信天游词文本同属一地,但却形成了两种截然不同的体裁特征。况且信天游体流传广泛(前文已证明爬山调、山曲与信天游为同一体裁),其流布区域内地域经济和文化生态也不尽相同。不过,文化生态论者有一点颇为可贵,即点出了陕北民歌(研究者明确提出陕北民歌不等于信天游,信天游只是陕北民歌中的一种体裁,但是在具体的行文论述中,特别是关于自由的论述里,事实上多是以信天游为对象)自由的特质,可惜的是,他们将这种特质归结于陕北历史上民族杂居、文化多元共生的缘故,最终仍是得出"说到底,民间歌谣就是封闭的农耕和游牧时代的产物"①这一结论,落入了历时语境决定论的范畴。后两种成因论看似突出了创作者的主体性,但稍作分析便会发现,它们仍然是个体经验式的总结。不同的歌者生活经历、对生活的感受和个人性格方面可以说是千差万别,如果以之为体裁成因,显然很难保证体裁的同一性。即便由个人上升至群体,如"陕北自古苦寒多悲情"的群体生活基调论,或"北人豪爽,南人细腻"的群体性格论,也

---

① 参看李震:《陕北民歌:自由心灵·极限体验·生态价值》,载《文艺争鸣》2004年第4期。

依旧不能解释信天游与小调词文本体裁不同的原因。

一言以蔽之,上述种种成因论都是经验层面的溯源。上一节中,笔者提到,对体裁不能以经验的边界进行界定,同样体裁的形成原因,也不能诉诸经验的领域。因为,经验层面的理由都停留在现象界,它们被束缚于自然因果的链条之上、镶嵌于时间空间的框架之中,受时空和自然因果性的限制,任何理由都只在一定的历时语境之内才能成立,而纯形式的体裁成因是有普适化要求的,二者的矛盾显而易见。可以说,一切经验论者,无论是经验性体裁论者还是经验性成因论者,都是特殊论者,特殊语境内的特殊理由是无论如何也不能加以普遍化,作为信天游词文本的体裁成因概而论之的。

寻因溯源路漫漫,吾当向何方求索?其实,信天游词文本的体裁成因,就隐藏在它的命名当中,我们不妨一看。"信"字,在《辞源》中有这样一条释义:"任意。荀子哀公:'故明主任计不信怒,闇主信怒不任计。'"[1]《辞海》中则释为:"听凭,随意。如:信步;信口。"[2]所谓随意、任意,即随从个人意愿,任由个人意愿,"信马由缰""信口开河""闲庭信步"等皆从此意,信天游其实就

---

[1] 商务印书馆编辑部广东、广西、湖南、河南辞源修订组编:《辞源》(修订本),商务印书馆1979年版,第211页。
[2] 辞海编辑委员会编:《辞海》(1979年版)缩印本,上海辞书出版社1980年版,第247页。

是听任歌者的自由意愿漫天悠游的歌,换言之,信天游是自由意志创造的歌。在前面几章中,笔者曾多次从康德那里借用"自由意志"一词进行表述,并已在"兴体任意关联说"中对其有所讨论,所谓自由意志,具体到体裁成因而言,指主体意志无假外求,不依赖于任何经验之物,仅凭自身作用于形式,形成体裁的精神活动。这种自由意志卓立于经验世界之上,不受任何现象界因素的束缚,自己做出决定,自己即是自己的原因。它在自身之内创造形式,同时因为摆脱了一切羁绊,开显出了个体独一无二的存在价值,即每个在者的绝对尊严。追溯至此,我们才为体裁的形成找到了可以普遍化的原因。

西村真志叶曾从美学史学领域借用"形式意志"一词解释幻想故事的形成原因,说:"形成幻想故事特定文体的首要因素,便是传承人对塑造某种形式的意志或由此得以满足的心理需求。即使个别的文体现象为了叙述的方便出现,不可以违背这种意志或需求而存在……所谓'形式意志'是指不依赖于创造方式和对象,而作为一种相对独立的意志,作用于形式的潜在或内在的需求。"① 吕蒂的《欧洲童话——形式与本质》(英译本)概述中也有

---

① [日]西村真志叶:《中国民间幻想故事的文体特征》,中国社会科学出版社 2018 年版,第 110—111 页。

类似的表述①。笔者认为,形式意志其实就是自由意志。自由意志最初孕育着无数种形式的可能性,每一种稳定下来的体裁形式都是由当初无数种可能性里的一种发展而来,无论信天游、小调还是民间幻想故事……一切结构形式都是自由意志的可能性之一。至此,笔者需要对前文做一点补充:在本书中,无论信天游的"自由"还是小调的"不自由"都只是一种相对意义上的区分,是笔者出于界定体裁的需要在文本内部所进行的划分,二者绝不是决然对立,两种体裁共同的基础便在于它们都是自由意志的可能性之一。也就是说,当我们跳出文本从更高的层面审视时,小调也是一种主体基于自由意志而创造的体裁形式,它的不自由只是就文本内部的叙事性而言。自由意志仅凭其自身便可以给出客体对象,即意志本身就可以选择创造"自由的"信天游或是"不自由"的小调,这才是自由意志的"自由"之所在,也正因此,才能从根本上保证二者的可比性,从而保证本书论述的意义。至此进一步引申,不仅是小调和信天游,其他各种不同的体裁之所以具有可比性,不同的民俗事象之所以具有可比性,也正是因为它们在

---

① 英译本原文为:Miracles are the heart of the saint's legend, which strives with undivided effort to relate them。参看 Max Lüthi, "Introduction," in Max Lüthi, *The European Folktale: form and nature*, translated and edited by John D. Niles, Indiana University Press, 1986, p.2。户晓辉先生对照吕蒂德文本原著认为,英译本此处译文不确,实为形式意志。(此语来自户先生对笔者中文译文的修改意见)

人的自由意志这一点上有着先在的同一性,这是比较可以进行的基础平台。那么,是什么因素的在场保持了某类体裁的同一?又是什么因素的缺席导致了体裁之间的差异?吕蒂将其归结为人的不同心理需求,笔者却认为这又落入了经验的层面,意志是应当去除心理主义的。但目前,本书尚无法真正解答这一问题,这也是需要笔者今后继续思考的。①

本书至此即将结束,回顾前文,对于小调词文本和信天游词文本,笔者想到了一个不甚恰当的比方:就文本内部而言,相比别人的声音,小调更需要别人的耳朵,主体想利用话语权力去努力表明一部分现象,但它却是孤独的,作为因果链条上的一环,它甚至是不安的;而信天游既不想把别人的耳朵揪过来自说自话,也不想僭越别人的故事,它就那么自自然然无拘无束地在那里,安然于独一无二的个体存在,"在"就是它的故事、它的宿命、它的希望。"我与你"的世界里,忧愁爱恋从心里流出来,流进心里去,顺着天游沿着水流,信着心走贴着心游,真诚而素朴,蕴着生

---

① 笔者认为,本书至此未能解答的这一问题在户晓辉先生的著述中得到了回答。参看户晓辉:《民间文学:转向文本实践的研究》,载《中国社会科学》2014年第8期;户晓辉:《民间文学的自由叙事》,社会科学文献出版社2014年版。

命的全息,秉着自由的天性。① 陕北②"人"创造了自由世界的恋歌信天游,信天游折射出了陕北"人"从自身之内开启的基于自由的绝对尊严——绵延起伏的黄土,斜阳脉脉的荒原,也许他们一无所有,但是他们无可替代。

---

① 这是笔者对史铁生一段文字的化用。参看史铁生:《黄土地情歌》,见《好运设计》,春风文艺出版社1995年版,第237页。
② 陕北,笔者此处为泛指,不是严格的地域指涉。下文同。

参 考 资 料

说明:参考资料不限于本书直接引用资料,也包括笔者在构思和写作过程中选读或参考并获得启发的文献。

一、专著

[1] 阿兰·邓迪斯编:《世界民俗学》,陈建宪、彭海斌译,上海文艺出版社,1990年。

[2] 白秉权主编:《陕北民歌独唱曲集》,音乐出版社,1958年。

[3] 北京大学中文系现代汉语教研室编:《现代汉语》(重排本),商务印书馆,2004年。

[4] 陈望道:《修辞学发凡》,上海教育出版社,1979年。

[5] 陈泳超主编:《中国民间文化的学术史观照》,黑龙江人民出版社,2004年。

[6] 辞海编辑委员会编:《辞海》(1979年版)缩印本,上海辞书出版社,1980年。

[7] Dan Ben-Amos(ed.), *Folklore Genres*, University of Texas Press,1981.

[8] 高丙中:《民俗文化与民俗生活》,中国社会科学出版社,1994年。

[9] 顾颉刚编著:《古史辨》(第3册),上海古籍出版社,1982年。

[10] 韩燕如编:《爬山歌选》(上、下),中国民间文艺出版社,1983年。

[11] 韩燕如编:《爬山歌选》,人民文学出版社,1953年。

[12] 黄涛编著:《中国民间文学概论》,中国人民大学出版社,2004年。

[13] 康德:《实践理性批判》,韩水法译,商务印书馆,1995年。

[14] 孔颖达:《毛诗注疏》,收永瑢、纪昀等纂修:《景印文渊阁四库全书》第68册,台湾商务印书馆,1986年。

[15] 李季:《顺天游》,上海杂志公司,1950年。

[16] 李雄飞:《河州"花儿"与陕北"信天游"文化内涵的比较研究》,民族出版社,2003年。

[17] 李雄飞:《文化视野下的山歌认同与差异:以河州"花儿"与陕北"信天游"比较为个案》,民族出版社,2005年。

[18] 李岳南:《神话故事、歌谣、戏曲散论》,新文艺出版社,

1957年。

[19] 刘守华:《民间文学概论十讲》,湖北教育出版社,1985年。

[20] 刘勰:《文心雕龙》,收永瑢、纪昀等纂修:《景印文渊阁四库全书》第1478册,台湾商务印书馆,1986年。

[21] 鲁迅艺术文学院编:《陕北民歌选》,新华书店,1950年。

[22] 吕微、安德明:《民间叙事的多样性》,学苑出版社,2006年。

[23] 吕政轩:《陕北民歌艺术论》,宁夏人民出版社,2004年。

[24] 罗钢:《叙事学导论》,云南人民出版社,1994年。

[25] 马丁·布伯:《人与人》,张健、韦海英译,作家出版社,1991年。

[26] 马丁·布伯:《我与你》,陈维纲译,生活·读书·新知三联书店,1986年。

[27] 马政川搜集整理:《麟州酒曲山曲集》(未公开出版发行)。

[28] Max Lüthi, *The European Folktale: form and nature*, translated and edited by John D. Niles, Indiana University Press, 1986.

[29] 祁连休、程蔷、吕微主编:《中国民间文学史》,河北教育出版社,2008年。

[30] 钱锺书:《管锥编》(第一册),中华书局,1979年。

[31] 山西民间文学研究会筹委会编:《山西民间歌谣选》,山西

人民出版社,1959年。

[32] 商务印书馆编辑部广东、广西、湖南、河南辞源修订组编:《辞源》(修订本),商务印书馆,1979年。

[33] 《十三经注疏》(上册)(影印本),上海古籍出版社,1997年。

[34] 史铁生:《好运设计》,春风文艺出版社,1995年。

[35] 费尔迪南·德·索绪尔:《普通语言学教程》,高名凯译,商务印书馆,1980年。

[36] 王方亮编曲:《陕北民歌合唱选集》,上海文艺出版社,1960年。

[37] 王克文:《陕北民歌艺术初探》,中国民间文艺出版社,1986年。

[38] 王显恩编:《中国民间文艺》(民俗、民间文学影印资料之七十六),上海文艺出版社,1992年。

[39] 王昭禹:《周礼详解》,收永瑢、纪昀等纂修:《四库全书》第91册,台湾商务印书馆,1986年。

[40] 维·什克洛夫斯基:《散文理论》,刘宗次译,百花洲文艺出版社,1994年。

[41] 闻一多:《诗经研究》,巴蜀书社,2002年。

[42] 吴超:《中国民歌》,浙江教育出版社,1995年。

[43] 严辰:《信天游选》,海燕书店,1951年。

[44] 杨璀编:《露水地里穿红鞋——信天游曲集》,人民音乐出版社,1995年。

[45] 姚际恒:《诗经通论》,收《续修四库全书》编辑委员会编:《续修四库全书·经部诗类》,上海古籍出版社,2002年。

[46] 榆林市文化文物局编,霍向贵主编:《陕北民歌大全》(上、下册),陕西人民出版社,2006年。

[47] 赵蓉晖编:《索绪尔研究在中国》,商务印书馆,2005年。

[48] 郑樵:《六经奥论》,收永瑢、纪昀等纂修:《景印文渊阁四库全书》第184册,台湾商务印书馆,1986年。

[49] 中国民间文艺研究会编,中央音乐学院民间音乐研究所整理:《陕甘宁老根据地民歌选》,新音乐出版社,1953年。

[50] 中国民间文艺研究会上海分会、上海文艺出版社编:《中国民间文学论文选(1949—1979)》(中),上海文艺出版社,1980年。

[51] 中国民间文艺研究会研究部编:《民间文学论文选》,湖南人民出版社,1982年。

[52] 中国民间文艺研究会主编,何其芳、张松如编辑:《陕北民歌选》,新文艺出版社,1952年。

[53] 中国社会科学院语言研究所词典编辑室编:《现代汉语词

典》(第5版),商务印书馆,2005年。

[54] 中央音乐学院中国音乐研究所编:《河曲民间歌曲》(调查研究专辑),音乐出版社,1962年。

[55] 钟嵘著,陈延杰注:《诗品注》,人民文学出版社,1958年。

[56] 朱光潜:《西方美学史》(上卷),人民文学出版社,1996年。

[57] 朱熹:《诗经集传》,收永瑢、纪昀等纂修:《景印文渊阁四库全书》第72册,台湾商务印书馆,1986年。

[58] 朱熹:《朱子语类》,收永瑢、纪昀等纂修:《景印文渊阁四库全书》第701册,台湾商务印书馆,1986年。

[59] 朱熹集注,中华书局上海编辑所编辑:《诗集传》,中华书局,1958年。

[60] 朱自清:《中国歌谣》,复旦大学出版社,2004年。

[61] 朱自清:《朱自清说诗》,上海古籍出版社,1998年。

二、论文

[1] 党红岩:《陕北信天游的艺术特点》,载《音乐天地》2008年第9期。

[2] 冯振国:《试析陕北"信天游"的比兴特色》,载《延安教育学院学报》1998年第1期。

[3] 高杰:《陕北信天游源流疏》,载《延安大学学报》(社会科学

版)1998年第4期。

[4] 韩世琦:《试谈陕北民歌的语言艺术》,载《延安大学学报》(社会科学版)1983年第4期。

[5] 何光:《"我与你"和"我与它"——读布伯〈我与你〉》,载《读书》1987年第9期。

[6] 胡友笋:《陕北民歌研究的现状与问题》,载《交响》(西安音乐学院学报)2008年第1期。

[7] 户晓辉:《纯粹民间文学关键词引论》,载《文学评论》2009年第2期。

[8] 户晓辉:《德国民俗学者访谈录》,载《民间文化论坛》2006年第5期。

[9] 姜晓芳:《爬山调与信天游之比较》,载《内蒙古大学艺术学院学报》2008年第4期。

[10] 李雄飞:《山曲、爬山调和信天游的共性研究》,载《兰州大学学报》(社会科学版)2004年第1期。

[11] 李震:《陕北民歌:自由心灵·极限体验·生态价值》,载《文艺争鸣》2004年第4期。

[12] 刘肖杉:《从信天游"兴"透视〈诗经〉"兴"之本真形态》,载《陕西师范大学学报》(哲学社会科学版)2007年第4期。

[13] 刘育林、常炜炜:《陕北民歌与陕北方言》,载《中国音乐》

2005年第1期。

[14] 刘育林:《"信天游"语言艺术试探》,载《延安大学学报》(社会科学版)1987年第1期。

[15] 刘育林:《信天游"兴"简论》,载《延安大学学报》(社会科学版)2008年第4期。

[16] 吕静:《陕北民歌概述》,载《宝鸡文理学院学报》(人文社会科学版)1997年第4期。

[17] 吕微、宗迪、施爱东等:《我们如何进行学术对话》,载《民间文化论坛》2006年第5期。

[18] 吕微:《"内在的"和"外在的"民间文学》,载《文学评论》2003年第3期。

[19] 吕微:《可能性生活与现象学方法》,载《民俗文化普查与研究通讯》2007年第2期。

[20] 吕微:《民间文学-民俗学的意向方式》,载《中国社会科学院院报》2006年11月9日。

[21] 吕微:《民间文学实践形式研究的"强论证"》,尚未发表。

[22] 吕政轩:《陕北民歌一歌多词及其演变规律》,载《榆林高等专科学校学报》2003年第1期。

[23] 清水:《谈谈重叠的故事》,载《民俗》周刊1928年第21、22期合刊。

［24］任海燕:《陕北民歌"兴"的修辞效果》,载《榆林学院学报》2008年第5期。

［25］尚飞鹏、林媛:《对陕北民歌演唱格式化以及造成审美疲劳等问题的批评》,载《音乐天地》2007年第2期。

［26］史蕾:《陕北民歌歌词与曲调结合的特色初探》,载《音乐天地》2008年第10期。

［27］孙向晨:《马丁·布伯的"关系本体论"》,载《复旦学报》(社会科学版)1998年第4期。

［28］汪东锋:《陕北民歌的迭词与叠音艺术谫论》,载《广西社会科学》2003年第10期。

［29］汪敬尧:《陕北民歌的叠词与叠字艺术》,载《语文知识》2003年第7期。

［30］王鹏翔:《陕北民歌中的数字修辞》,载《广西社会科学》2004年第6期。

［31］王新惠:《陕北民歌演唱技巧探究》,载《乐府新声》(沈阳音乐学院学报)2002年第1期。

［32］西村真志叶:《日常叙事的体裁研究——以京西燕家台村的拉家为个案》,北京师范大学博士学位论文,2007年。

［33］西村真志叶:《中国民间幻想故事的文体特征研究》,北京师范大学硕士学位论文,2004年。

［34］闫天灵:《"走西口"与晋陕内蒙古毗连带民歌圈的生成》，载《西北民族研究》2004年第2期。

［35］姚灿:《〈王贵与李香香〉中"信天游"的成功运用》，载《天中学刊》1995年第4期。

［36］叶秀山:《"现象学"和"人文科学"——"人"在斗争中》，载《中国社会科学院研究生院学报》1992年第2期。

［37］张军、张永梅、徐彤:《语言学方法与陕北民歌研究》，载《榆林学院学报》2006年第5期。

［38］张世英:《人生与世界的两重性——布伯〈我与你〉一书的启发》，载《中国人民大学学报》2002年第3期。

［39］朱自清:《歌谣与诗》，载《歌谣》周刊第3卷第1期，1937年4月3日。

［40］祝秀丽:《重复与变化:重复律的双重特征》，载《民间文化论坛》2006年第5期。

后　记

在外求学时,常有不相熟的友人问我:"你是陕北人,应该会唱信天游吧?"而五音不全的我不得不赧颜答道:"不会。"若逢着更热情些的朋友,多聊两句,便可能举出阿宝、王二妮甚至《血色浪漫》里的片段表达对信天游的喜爱。一番攀谈既见出朋友对信天游的喜爱,也让我这个不会唱信天游的陕北人,多少有些惭愧。不过,我常模模糊糊地感到,友人口中的信天游和生长于斯的我对它的认知似乎有些偏差,既然自己不会唱,能为信天游的正名做点什么也好,这大概就是这本小书的写作缘起吧。

感谢我的硕士导师户晓辉教授。初入师门,户老师就告诉我"要读经典",并指导我接触相关著述。这些经典于我而言有着双重意义:它们既是本书的理论资源,又引领我在精神上成年。《普通语言学教程》让我意识到物的价值来自系统而非其固有属性,所以对"有些事"要冷漠。《我与你》让我惊觉人之为人所在——"人无'它'不可生存,但仅靠'它'则生存者不复为人",那种震撼前所未有。如果没有户老师的引导,我不敢断言此生不会与之相遇,但必定会晚不少时间。我对信天游体裁的思考,是在户老师的指导下展开的,期间真切地体认到老师对于学术的虔诚,这让我感动之余受益终生。水平所限,这本小书当下的样貌实在有负老师的教导和期望,只好留待今后做更为深入的打磨。

感谢我的博士导师吕微教授。虽然写作本书时我尚未正式拜入吕门,但彼时吕老师主持的读书班却为我打开了一个全新的世界,那里有人类之子苦心守候道德的长夜、为在者找寻绝对的尊严,那里闪耀着理性之光,徜徉其间,学思辨,亦学做人的大道。尤其感谢两位老师在我遭遇挫折时所给予的鼓励、安慰和倾力帮助,这让我感激的同时倍感温暖。感谢安德明老师,安老师开设的田野课弥补了我知识结构中的短板,他深厚的学养和儒雅的笑容是我与师兄师妹无数个周五的早晨最为愉快的记忆。感谢施爱东老师,施老师极富逻辑和幽默感的发言为读书班平添了无数耐人寻味的理趣与欢笑。感谢邹明华老师和乌日古木勒老师,她们以女性特有的温柔和溢于点滴之处的厚爱让我时时感到一种回亲护暖之意。民间室的诸位老师不仅在学术上为我树立了标高,更以自身的人格魅力令我感佩不已,感谢众位老师。

感谢民间室的师兄师妹们。胥志强师兄作为本书的第一位读者,提出了许多宝贵的意见,绝大部分意见和建议都已被采纳。

感谢杨耐师姐、李川师兄、刘文江师兄和程冉、文汇两位师妹,他们的关心和帮助带给我诸多温暖、美好的回忆。

感谢我的家人。他们虽不了解我的专业,却始终无条件地理解并支持我。在我初读康德艰涩难行时,爸爸妈妈为鼓励我甚至陪我一起读,不习惯发短信的妈妈还就她对《纯粹理性批判》前几页的理解发了一条长达数百字的短信给我。这条长长的短信,我会永远珍藏。

感谢朝戈金老师、党圣元老师、张弘老师、张新科老师、尤西林老师、邢向东老师、陈岗龙老师、黄裕生老师和王达敏老师,他们在我求学时所给予的提点和帮助,我将永远铭感于心。

感谢陕西师范大学文学院的各位领导与同事,是他们的关心和支持使得这本小书有机会付梓。

感谢陕西师范大学出版总社的编辑王文翠女士为本书所付出的辛劳。

还有许多师友曾给予我不同形式的关心与帮助,获益种种一时难以尽述,在此一并致谢。